盗贼之家

[澳] 马克·特雷尼克 著
Mark Tredinnick
黄少政 [澳] 李牧原 译
吉狄马加 主编

HOUSE
OF
THIEVES

GUANGXI NORMAL UNIVERSITY PRESS
广西师范大学出版社
·桂林·

Mark Tredinnick

马克·特雷尼克

回归自我与回归自然的又一次胜利

——2023年青海湖国际诗歌节“1573金藏羚羊国际诗歌奖”颁奖词

澳大利亚诗歌或者说澳大利亚诗人，从更广义的角度讲，他们是英语诗歌世界的一部分，但是这仅仅可能是因为在传统和精神谱系上的联系，才会有人从英语诗歌疆域的整体性上给出这样一个定义。事实上，从19世纪末到20世纪以来的澳大利亚诗歌史的呈现来说，已经由一批完全本土化的卓越诗人，完成了一次既属于创造了新的传统，又极具个人经验并富有地域特色的历史性飞跃。毫无疑问，在这片被海洋和多元文化浸润的广袤的场域，其诗人和诗歌才由此产生了某种全新的属于其自身、亦不可被所谓更大的传统所替代的价值及其独立存在的理由。

令我们欣喜的，是当代澳大利亚诗坛近些年崛起了一位令人瞩目的自然主义写作诗人，他就是马克·特雷尼克。其作品深刻地观照着人类的生存环境，并重新审视诸如爱情、死亡、真理、希望、自然、永恒、不朽、信仰等主题。作为一个对万物的生命延续有着生命承诺的真理捍卫者，他的诗歌从一开始就精于使用隐喻和象征，也因为对生命毫无保留、由衷地捍卫，他的写作因而超越了地域、文化、种族的边界，并因此受到这个地球上许多有识之士的认同和赞许。毫无疑问，他是我们这个时代一位真正的自然环保主义者，同时也是一位通过诗歌来捍卫其理想的令人敬畏的诗歌理想主义践行者。

有鉴于此，青海湖国际诗歌节“1573 金藏羚羊国际诗歌奖”评委会，决定将 2023 年青海湖国际诗歌节“1573 金藏羚羊国际诗歌奖”，颁发给澳大利亚诗歌的杰出代表——马克 · 特雷尼克。

青海湖国际诗歌节“1573 金藏羚羊国际诗歌奖”

评委会主席　吉狄马加

2023 年 6 月

前 言

一个迟钝小偷的迟来的感谢信

1.

“我们生活在过去的下游；从溪水中钓起一些吉光片羽，并不属于我们。一场接力，借此续写前贤们很久以前就开始的诗章。”

这一段话取自我的一首诗《前天》，这首诗太长了，没有收录在《盗贼之家》中。《前天》赢取了首届汨罗江国际诗歌奖。它颂扬——在某种意义上，试图探寻——伟大的中国诗人屈原之于我本人的意义，中国人宣称屈原是中国抒情诗的滥觞，《前天》也是我对当代中国伟大的抒情诗诗人吉狄马加的致敬之作。

我相信这是真的：在我们生活的当下，我们生活和写作，都源自过去，就像屈原在他的时代所做的那样，就像我的澳洲家乡伟大的土著诗人声称他们所做的那样，他们已经且歌且舞数万年了。虽然每一个诗人都希冀自己作品的每一行都像黎明一样新鲜，像新爱一样新鲜和原始，像任何特定的时刻一样不可模仿，但诗歌总在延续抒情诗鸿蒙之初就开始在所有人类社会中发挥古老而重要的作用：即但丁所说的为人世的“神曲”作了令人难以忘怀的见证，人生是荒谬与神圣的奇妙的结合，换言之，诗歌表征诗人在如此倏忽短暂的人生里，在这个燃烧而美丽的世界，在这个灿烂而温暖的地球上，体验到惨痛与欢乐，疏离与共情，无论我们操什么方言，身着何种服装，我们都会发现自己早就在冥冥之中被安放在世界一隅。

2.

人是会说话的哺乳动物，据说，在我们牙牙学语之前，我们就会唱歌了。我们唱得有多么好，我们就会活得有多么好；歌声中，我们获取慰藉，我们得以保全，我们赢得人生。无论置身何种时代，何种文化，诗人们都需要为人类的困境而哭泣，寻求理解自己的星球，探寻这个星球遭遇的种种麻烦，并对我们的所见所闻提出有时有用的解决方案，并展望我们的后代能比我们更明智地记住和实施这些方案。抒情诗就像一艘船，每个社会都按照自己的习惯，把这艘船投放漂浮在未知的大海之上。在所有的文化传统中，诗人都不只是闭目塞听自己的生活和时代，而是要去追寻自我“独特心灵”的节拍，正如杰克·吉尔伯特（Jack Gilbert）所言；他们希望通过使用剔除一切无关紧要的特质的纯粹语言，诗人们征用他们自己最称心、最明智的和极富生命力的诗歌形式，并工于超越庸常生活的遣词造句，准确表达古往今来人类生存的神圣与荒诞的悖论（诗人本人体验到的人生，谢默斯·希尼说过，只是众生的一个实例），笔者强调的是所有古往今来的人类生存，当下也仅是一个实例。

3.

无论如何，这就是我对自己诗歌创作的基本理解。在我动笔之前，诗歌之川一直在流淌，在我封笔之后，诗歌之川会继续流淌，延绵不绝。在我的诗歌中，流淌着我在创作时种种奇思妙想，不俗的形象，别样的造语，它们均源自我之前所有的阅读、思考、交谈、观看、学习和教学，可以追溯到世界上伟大的文学作品（例如，波斯语、俄语、日语、印度语、旁加普语、阿拉伯语和汉语；例如，意大利语、法语、英语、罗马尼亚语和西班牙语）的纷繁样章。诗歌是世界语言，各民族的诗歌都是它的分支或方言——每一首诗歌都是独特的，就像我们的地理和文化一样，但每一首诗歌都是一个伟大的更深层的亚种，全人类的抒情对话，其中，所有的生活都被仔细审视，缺漏被发现，宽恕和爱得以彰显，并在时空条件上复原修复。

像所有诗人一样，我是“存在”的翻译家。我希望把自我独特的体验转化成诗行，这些诗行精彩而独创，不会因为自己的诗艺不工稍有减蚀。和众人一样，我被赋予了一次生命；我就要用诗歌来回报，我希望我的诗歌能恰如其分地诠释我对人生的礼敬，讲述个人之外其他的生命（鸟、地方、爱人、孩子、文化和激情），而不仅仅是我有限的人生。

4.

《盗贼之家》收录我写作的一百多首短诗，选自我迄今为止出版的五本英文诗集，外加若干首最近的作品。编选工作不易，颇费工夫。都是我精神的一部分，顾此失彼似乎都不公平。事实上，我写了太多的长诗，限于本书性质和篇幅不能录及。希望今后还有机会为中国读者呈现。本书也收录两篇我的演讲，关涉我对韵律、抒情和诗歌——诗歌本质，诗歌创作过程的理解。揭示在这个世界上，诗歌如何作为一种有用的存在方式，对我们所有人的召唤。

我想，对于大多数中国读者，这本《盗贼之家》第一次提供了接触我的作品的窗口。大家会读到我的译者黄少政教授（我们域外人称呼他亨特）撰写的一篇长序，介绍并阐明了我的诗歌、主题和特点。我对亨特的译介心存感恩，感谢他在这一过程中所付出的智慧和努力，他试图向中国读者提供一份可靠准确的译文，从而唤起诸位对当代澳大利亚诗歌的兴趣。在某种意义上，诗人和译者都在从事翻译，我们都在暗黑的语言之中踽踽独行。

5.

能亲眼见证本书的出版，是我莫大的荣幸。前不久，我接获通知，青海湖国际诗歌节组委会授予我“金藏羚羊诗歌奖”，以表彰一位来自中国以外的诗人对世界文学所做的贡献。惶恐之余，我感觉，在获得这个奖项的诸位前贤或时贤的名单中，自己像个冒名顶替者，因为在我之前，伟大的美国土著诗人西蒙·奥尔蒂斯，叙利亚诗人阿多尼斯，阿根廷诗人胡安·赫尔曼，还有旧金山垮掉的一代最后的代表杰克·赫希曼都荣膺这一殊荣。因此，我非常感谢组委会、组委会主席吉狄马加先生对我诗歌创作的认可，并给我这个机会，让我与远在我的国界和母语之外的读者分享诗歌的快乐。

我的作品在中国已有译介，我的朋友、华裔澳大利亚作家李牧原（Isabelle Li）翻译了我的一部诗集《所知集》（*Almost Everything*

I Know）。部分篇什于2015年发表在《世界文学》杂志上，李牧原女士的译文上乘，受到中国读者的称赞。（据说，在李译之前，中国的自然写作研究圈对我的散文和诗歌已经有所了解；我的获奖作品也是因为关注澳洲生态。）本书收录了十一首李牧原的译诗，主体九十九首全部来自亨特的新译。后来，好巧不巧，正是诗歌让我和中国结缘。迄今，我造访贵国六次了，最近一次是作为鲁迅文学院国际写作项目的驻会作家。我的生活和写作都因接触中国诗歌而变得更加精彩，无论是当代的还是古典的。所以，现在看到这么多自己的诗歌被翻译成中文，私心非常高兴。中文是世界上伟大的诗歌语言之一，我从贵国的文化和文学中获益良多。

我要向黄少政先生致以最深切的谢意。本书得以出版，他功不可没。他敦促我遴选出这些篇什，并以极大的热情投身译介工作——我的诗歌中富含特定的英语成语，难以索解的隐喻、嘲讽、暗示和修辞模式，英语特有的诗艺技巧——可想而知，在如此短的时间提供一份可读性、可靠性兼具的译本，弥足珍贵而又艰辛无比。翻译过程中，亨特多次不厌其烦向我请教特定的措辞，澄清写作某些篇什的背景，牵涉到的人和事，我们之间有大量的信件往复，他的提问促使我重新思考自己的写作，往复之间也给我带来了极大的快乐。再一次感谢，亨特，你对我的作品给予如此强烈而慷慨的关注。

一如既往，我要感谢我的搭档朱迪·威廉姆斯，她帮助我遴选收录在本书中的所有篇什，她给予我全部的温情，是我人生和诗歌创作的双重支柱。我也要感谢赞助商泸州老窖，出版代理北京华凯信和品牌管理顾问有限责任公司，以及出版商广西师范大学出版社，感谢你们接受了我的手稿，并把这本书做得这么好。同时，我也要感谢中国许多诗人、学者、作家、主持人和读者，是你们使我在中国的时光和旅行成为快乐和学习的朝圣之旅——这才是人生在世的核心意义。

6.

《破窗而入》(*Break & Enter*)是我写过的一首诗。有一年冬天，一朵玫瑰神不知鬼不觉从书房的一块玻璃的裂缝里，探进了我的写作室，它不声不响地生长，及至几乎在我身边绽放，才引起我的注意。我用破窗而入这个造语，把玫瑰称为“慢贼”，意谓它散发的香味就是它的致敬方式，似乎在恳求进入（它显然不会恳求这样做）。我在诗中写道：“这朵玫瑰像一个窃贼，/ 厌倦了偷窃，/ 决定暴露自己的真实身份。”本书之所以命名为《盗贼之家》，是移用收录在本书中另一首诗的标题，我想说——诗人其实就是一个迟钝的小偷，他们的诗歌，就是从造访慷慨的世界时夹带偷走的某物。又基于此，我的诗歌是对催生它们的事物的感谢，也是对自己从生活中摄取的一切和未能说出口的一切的致歉，同时，也是对当下目击到的生活应得的致歉。我把这个前言命名为“一个迟钝小偷的迟来的感谢信”。一个特别的小偷，在以一种特殊的方式回馈世界，如果，他的回馈能比他已经领受的荣誉多出一星半点，这就大大地超出他的所愿所能的范围。

马克·特雷尼克

2023 年 3 月 18 日

序 言

马克·特雷尼克的三副面孔

这些诗行是我入世
之路——
离弃后回归自我——以铅笔和语言
重整旗鼓，而它们的真谛是其行进的
过程，而非出发的起点。

——《袋熊韦陀经》

开篇之前，先介绍一下澳洲诗人马克·特雷尼克的生平以及在汉语读书界的传播史。马克·特雷尼克（Mark Tredinnick，1962—），又译马克·卓狄尼，是澳大利亚诗坛近些年崛起的一位渐露大师气象的自然写作诗人，文体家。马克迟至四十岁才开始发表作品，但甫一出道，即携《火灾记事》《聚集的距离》《蓝鹪鹩诗章》等一众完成度很高的诗作斩获多项诗歌大奖，包括2007年纽卡斯尔长诗奖，2009年布莱克诗歌奖，2011年首届蒙特利尔国际诗歌大奖（全球单诗最高奖），西澳总理图书奖，并第二次获纽卡斯尔长诗奖，2012年卡迪夫国际诗歌大奖等。

马克出生在悉尼北部郊区的一个唤作埃平的小镇的中下层家

庭，父亲在当地担任巡回牧师（悉尼位于澳大利亚东南部海岸，是该国最大的城市，人口五百三十万，也是新南威尔士州的首府）。马克随担任巡回牧师的父亲，辗转在埃平镇和北部五个郊区的霍恩斯镇，念完小学和中学。马克一生大部分时间在悉尼方圆二百公里范围六个城镇——马尔斯菲尔德、图拉穆拉、格列贝、安南代尔、薰衣草湾、基利比利迁徙，居住。马克本科读的是悉尼大学，分获艺术（历史、哲学、语言）学士学位，第二学位是法律；嗣后在麦考瑞大学读了硕士，并在西悉尼大学获得法学博士。

马克和两位前妻共生育五个孩子。自 2007 年，作为自由职业者，除定期在悉尼大学兼课（教授创意写作），专事诗歌写作，目前和女友朱迪住在鲍拉尔小镇，这是南部高原的一个主要城镇（人口一万），归属温格卡雷比郡。Wingecarribee，是土著居民冈登古拉语的译音，也是流经小镇的河流的名字，位于悉尼西南一百二十五公里（九十分钟车程）处。悉尼与海平面齐平，而鲍拉尔在海平面以上八百二十米。鲍拉尔不仅田园广阔，还有大片的牧场饲养牛羊，种植葡萄和其他农作物，并酿造葡萄酒；也有许多人家饲养马，周边还有很多令人印象深刻的瀑布和野性十足的丛林。

马克的诗作最早由华裔澳洲作家李牧原英译十首，并附一篇题名为《南十字星下孤独的舞者》的介绍文章，发表在 2015 年《世界文学》第六期。其后，著名诗人北岛主持 2017 年“香港国际诗歌之夜”并邀请了马克参会，由香港中文大学出版社出过一本双语版《犁田白鹭》。2018 年，北岛为江苏凤凰文艺出版社主编《红狐丛书：南十字星之下》一书，收入了南半球八位当代诗人的代表作，其中包括马克·特雷尼克一个分册（含十三首译诗），译者为宋子江、郑政恒。

以上译文，依笔者拙见，除李牧原几首之外（题名为《南十字星下孤独的舞者》，238—243 页的评介文章也写得很好），都过于随意，平直，一般化，不能目为翻译。笔者进一步查询，近年有两本澳洲诗歌选集出版，分别是：

《当代澳大利亚诗歌选》（澳）约翰·金塞拉著，欧阳昱编选，欧阳昱译，上海文艺出版社 2007 年出版，本书遴选了当代澳大利亚诗坛百名诗人中的百首诗歌。年代跨度为 1985 年至 2005 年的 20 年。未包含马克·特雷尼克的诗作。

《窗口：当代澳大利亚诗歌》（中英双语选集）（澳）贞·韦伯、（澳）保罗·赫瑟林顿主编，陶乃侃译，上海三联书店 2016 年出版。该书收录了澳大利亚二十位当代诗人的诗歌共一百余首，包括名家朱迪思·贝弗里奇、朱迪·艾尔彼思敦，以及两位编选者。马克·特雷尼克的诗作未收入。

初步结论：马克·特雷尼克在中国的翻译、介绍和研究极为零散，鲜见，既无系统，也无规模，说完全处于起步阶段也不为过。此种中澳文学交流的遗漏和马克·特雷尼克在自然写作取得的成就与已经显示的巨大可能性是不成比例的。

个中原因比较复杂。简略归纳有两条：

其一，晚熟晚出。至今还没有进入中国外国文学研究圈专家的视野。马克有一部王小波戏称的“反熵”的弃商从文生命史。马克是 20 世纪 60 年代初生人，大学毕业后先进律所，后入出版机构，因“无法遏制的诗歌冲动”加之无法忍受商业世界的单调刻板，13 年后（1996 年）选择进大学教书。之后，遭遇两次家庭变故，有了五个孩子，教学任务的繁重，家庭变故带来的经济拮据，加之不可救药的写诗冲动（第一次婚姻解体后），逃离“看不见农庄、望不着田野、嗅不到炊烟”的大都市，迁到温格卡雷比郡，在一间实存非隐喻意义上的百年牛棚改建的简易书房“苦吟”，及至四十岁（2003 年）才开始发表作品，使得马克成为当代澳洲诗坛少有的因时运不济生活窘迫但执着诗艺大器晚成的异类，这也有别于当代近乎所有英语世界的诗人们相对富裕的养成背景，从而赋予他书写浮世人生的部分篇什具有别样的“沉郁顿挫”的况味。

其二，刻意求工，渐至纯熟的文体。恰如首译李牧原女士所称，马克有“南瀛的狄金森”的绰号。马克 2007 年逃避了灯红酒绿、醉生梦死、人心浮躁的现代都市，退居南方高地后，从此无时不体验“春风春雨，秋月秋蝉，夏云暑雨，冬月祁寒”，即钟嵘所谓的“斯四候之感诸诗者也”。南方高地深秋的峭厉的清晨，苍凉的黄昏，寒霜降临初冬的萧瑟，春天归来的欣荣，迅速催熟这个十五岁起就开始“诗兴萌动”的爱好者的诗歌大业。料理琐事毕，写作之余，他就会踏足弥漫着野性的森林，沙丘，观察“耘田上的白鹭迈开大长腿，凌空信手涂鸦”。清晨，他会被晨雾中的白色凤头鹦鹉吵醒；傍晚，在孤零零的街道上，他驻足凝神观察贴在电线上的蛙嘴夜鹰如何伺机捕食街角争食的负鼠。总而言之，我们这位拜师自然写作宗师梭罗的准诗人，在与大自然水乳交融，在田园生活中感知自然的过程中，在独具个性描述澳大利亚复杂的自然风景的努力中，终于找到了诗歌写作宝库的“芝麻开门”密码。与此同时，马克大量阅读经典作品，重新审视了人类思考过的主题（如爱情、死亡、真理、希望、永恒、不朽、信仰等），不仅获得了内省的深度，弥补了个人人世经历的不足，也赋予他的诗作深邃的思辨和馥郁的智性底色。

马克是一位刻意追求诗美的诗人，诗风凝练、意象新颖，精于使用隐喻和象征，而且具有一种大诗人才具有的结构金句的能力，“使得事物和思想直接显现，使存在的时间性通过空间性而凸显，从而具有了超越地域、文化和时代的丰富性征”：

真正的荒野已经微乎其微：死亡算一个

诗人落笔如雨；归来，寂寞似黄昏。

世界是一个谜，阻挡现实。

我们是谁，恰恰在于我们不是谁。不管是谁，我们都是我们的
一部分。

世界是别人的牡蛎，一个比喻
我永远也不可能撬得开。

较之悲伤，希望是唯一更为艰难的
工作，我知道。在悲伤的天空中星星闪烁。

整个上午都在写作，苦吟
好像我在为每句话受审。

这些看似信手拈来的金句，其实体现了罕见的感性和智性的耦合，是复杂人生体验的审美升华的结晶。另一方面，和狄金森一样，马克隐喻和象征的偏好，加之文字过于考究，使得相当一部分诗歌过于隐晦迷离，难于索解。

一般而言，马克会使用口语——高度提纯的口语。但有时也使用古奥的词汇、宗教术语、气象学、地理学等科学术语。英语学生包括狄金森的译者都有阅读时词典不离手的经验。阅读翻译马克，笔者遭遇同样的困难。换言之，马克能够驱遣使用的词汇在我阅读同时代的英语作品中非常罕见。

简单科普一下。欧洲五大语种，德法西俄意，大型词典分别收词均在十八万，唯独英语《韦伯斯特大辞典》第三版（1957 年，1928 年第一版）收词五十五万。原因简明扼要：盎格鲁–撒克逊人公元 5 世纪登陆英伦三岛，被法国人（1066 年诺曼底人登陆）统治 300 年，汲取大量法语词汇，15 世纪的文艺复兴，又大量吸收希腊–拉丁文化，16 世纪击败西班牙无敌舰队后，英语在全球扩展殖民，复又吸收了大量全世界各地的词汇，因此，英语词汇（尤其同义词）之富赡无与伦比。因此，也形成英语写作独异于其他语种以雅换雅的戒律（指同一语篇，语段不能出现同一个词汇，必须不断置换，不能重复）。这当然是基于五十五万庞大的英语词库才成为可能。而且，重要的是，和曾经收入四万七千汉字的《康熙字典》不同（九成五罕僻不用，现代汉语活用字减至二千至三千个），韦氏三版五十五万词汇基本上都是活的。因此，词汇量大小，能否以雅换雅，就是观察一个人英语水平最可靠的尺度之一。

前述，现代英语写作在高级交际场合的写作，特别排斥高频口语词，必须使用法语、希腊–拉丁语源词汇。这个置换原则是强制性的。比如，笔者在阅读美国自然写作名家洛佩兹为吉狄马加《我，雪豹》所作美国版序言时，就会碰到拉丁词 amanuensis（文书），the Panthera unica（动物学术语雪豹），cloying（腻烦的），inclement（恶劣的），eyrie（住所）这一类罕僻词。马克的写作满足这一特殊要求，他还对来自盎格鲁–撒克逊语源的单音节词进行发掘，从而达成“平字见奇，常字见险，陈字见新，朴字见色”[①]的文体效果。

马克的用词还有一个偏好，就是使用中型词典（八万），GRE 考试中都无法见到的罕僻单音节词。英语词汇学学者都知道，盎格鲁–撒克逊语源的词基本上都是单音节，在讲英语的人群中（文盲亦是）使用频率最高，二语学习者一级二级教育主要涉及二千左右的单音节英语词（高频词）。和高级写作排斥口语词相辅相成的是，熟稔并能使用罕僻仍然活着的英语单音节词汇就是一种最高级的语言造诣。没有之一。

笔者在阅读前牛津大学校长彭定康的《东方和西方》[②]一书中，就发现大量的单音节生词。比如，孩子 child，他用的是 imp；一点儿 a little，他用的是 tad。英语文体史提及一段逸事，“二战”期间，英国首相丘吉尔那篇向德国纳粹宣战的议会演讲全文除了一个拉丁词 surrender（投降）之外，全部用的是英语单音节词。同样，在本书翻译过程中，笔者也发现马克也是这种奇人——也许是我一生有

---

① 《原诗 说诗晬语》，叶燮、沈德潜著，凤凰出版社，2010 年，第 47 页。

② *East and West, Chris Patten*, Pan Books, 1998, P.82.

幸交到的唯一的 native speaker（母语使用者）。我本人的英语词汇量（尤其是积极词汇）在当今本土英语学生中，应该是属于凤毛麟角一族（欢迎有心者以波普尔的科学精神对这个估计进行证伪）。作为物证，好奇者可以查阅我的两个先锋汉译英文本（摈弃国内以杨宪益、张培基为代表的，大规模简化英语词法句法复杂性的主流汉译英模式，维持至少技术意义上最高水准的词汇复杂性句法复杂性）吉狄马加先生的文学演讲《敬畏群山》（安徽文艺出版社，2018 年出版）和高端采访录 *Poets of The Round Table*《圆桌诗人》（Regent Press，Berkeley，CA，美国加州摄政出版社，2022），前一个文本得到过不少 native speaker 的称许。两个文本有共同点：大量使用 GRE 词汇。但令我心诚悦服的是，马克不仅和狄金森一样，不时使用罕僻拉丁-法语语源的词汇，他还能如狄金森、彭定康一样，炫技式地使用罕僻英语单音节词，增强语言的表现力，实现“陌生化”的文体效果，这种能力应该是他刻意学习狄金森的文本策略。

笔者初识马克是在 2017 年 10 月，当时笔者在吉狄马加先生主办的西昌丝绸之路国际诗歌周组委会协助编选翻译参会诗人提供的诗文。马克当时参会的文章非常惊艳，按常规程序，笔者会把收到的诗文交由当时四川外国语大学、中国海洋大学外国文学专业研究生翻译初稿，笔者审稿定稿。笔者收到一研究生的马克文章译文，惊讶地发现全是胡言乱语（make no sense）。细观之下，发现了新大陆。这个马克不简单，他的英语是任何一本语法修辞教材都会推荐的范文，用字精准典雅，行文如行云流水，可吟可诵。这篇文章只能重译。

Poetry is one of the elements; it's one of the seasons. Its rhythms perpetuate those of the spinning earth, the turning tide and the soul's own delight in the way things are. Poetry is a sine qua non of the scheme of things—of the robust revolutions of the globe and the tender revolutions of the human heart. As long as someone is hearing its quiet cry and trying their hand at getting it down, we have a shot at making something meaningful of our lives, of doing justice to the earth and our time on it, and in each other's lives.

诗歌就是其中的某一要素；诗歌是心灵的一个季节。诗歌的节奏，对应了日夜旋转的地球、早起晚归的潮汐和灵魂本身对万事万物长空皓月般的喜悦。诗歌是万事万物流转运行的必要条件，诗歌彰显了席卷全球的革命性变革的伟力，也把人类的善和内心的柔软表达得感人至深。只要有人听到诗歌的如泣如诉的低吟，他的眼界格局为之一变，就有机会让自己的生活变得更有意义，对地球、人生，乃至彼此，释出更多的善好和同情。

自此，马克这个澳洲诗人在我心中引发了持久的好奇和敬畏。透过域外的朋友，查询到马克2007年就在当代英语研究重镇剑桥大学出版社出版过 *Write It Well-A Guide To English Writing*（《当代英语写作指南》）。这个事实彻底说服了我，意识到自己终于面对一位在世的英语文体大师，一位活着的福勒兄弟，其高辨识度的文体特征包括超大的词汇量（非盎格鲁–撒克逊语源的词汇和纯英语语源的罕僻单音节词汇），熟稔，近乎出神入化运用三种英语短语结构（动词、介词、形容词）和英语虚词如介词。

笔者作为英语专业毕业生，多年在高端文学交流现场往还，或从事高校英语暨翻译教学，职业习惯（从事汉译英），乃至个人一生的偏好——文体修辞的研习，对英语用法大师（研究者外有福勒兄弟，内有葛传椝先生），特别是国内高校英语有造诣者如北外王佐良先生尤其敏感，钦慕备至。比如，北外的王佐良老师的英文文字有一个特点，就是熟练运用英语的动词短语。一般人乃至多数英语专业学生都未必懂得这种造诣即使是在以英语为第一语言的作家当中也是罕见的。而当代英语翻译研究的大家纽马克（Newmark）在他的《翻译问题探讨》明确指出：英语的动词短语基本上都是隐喻。[①]这个说法令我醍醐灌顶，一下子明白了为什么国内英语学界引进了几十种翻译理论专著，我基本都有收藏，泛泛读过，就会束之高阁，唯独纽马克的书始终置于枕旁，常读常新。无他，见解深刻，文字生动（文学语言首要特质就是语言生动，隐喻的特点就是形成画面感）。多数来自英语世界的翻译理论学者，包括著述等身的乃达，用的是平易英语，说理透彻，叙事明晰，止于传递信息，但文字本身寡淡无味，没有营养。纽马克，马克，北外的王佐良不同，文字不仅可读，而且耐读。那是一种明朝才子张潮在《幽梦影》中描述的文品极致："诗宜淡不宜浓，然必须浓后之淡。诗，宜朴不宜巧，然必须大巧之朴。"就英语而言，实现张潮理想者除罕僻拉丁–法语语源词，擅长盎格鲁–撒克逊语源单音节词的推陈出新和间或炫技式地使用罕僻单音节词，还必须过两关：

其一，擅长短语动词（隐喻）使文字好看，生动，如行云流水。

其二，擅长虚词实用。把介词用到出神入化的程度。

---

① 《翻译问题探讨》，纽马克著，上海外语教育出版社，2001 年，第 97 页。

纽马克把隐喻分为陈腐、标准、时髦和创新四类。创新隐喻难以索解也是题中应有之义。比方，马克在驻会鲁院期间，发表的一篇演讲中就有创新明喻和暗喻，颇堪玩味。笔者翻译明喻保留书面意义（喻指见括弧）：

Live like a river; write like a plateau.

像河流一样生活（追求自由）；像高原一样写作（不断超越自己）。

以下这则隐喻成了文化缺项造成不可译的最好的案例。早年朱生豪把英语的 to be or not to be 译成“生存还是毁灭”，完全出于不得已，因为古典中国哲学没有衍生出存在这一命题。下面我提供的翻译同样是一种方枘圆凿的不得已的引申，熟悉英语的人就会明白什么叫英语用法的“天花板”：

Be the country of who you are, the country of where you are.

生在何方，心系何方。身在何处，心安何处。

创新隐喻之外，英语虚词实用是马克另一个眼花缭乱的炫技。比方，介词，中外语法书一律定义为：一种词类。位于名词或代词之前。用来说明事物间的各种关系，或者表示对象、地点、时间、方向、方式等意思的虚词。然而，介词，乃至形容词，副词，名词作动词，在英语词法中是一个核心特征（笔者的研究在国内是首创，归为四大非动词的动词化）[1]。

从比较语言学角度看，汉译英之所以难，源于“英语是一种非动词优势语言，汉语是一种动词优势语言”这一类型语言学事实。翻译圈内外，最简单也是最复杂的量子纠缠，就在于把天真的字比句次机械对应，视为“忠实原文”的同义词。而且享有不言自明无须论证的权威。笔者想起美国历史学家麦克尼尔在《瘟疫与人》一书中所揭示的：所有传统医学的底层逻辑就是心理比附和基于自我暗示的心理安慰。[2]比如李时珍在《本草纲目》中习惯性推荐诸如吃肝补肝的疗法，又比如大家门户高价延请地方郎中看视贵体欠安的大小姐，不一日，小姐奇迹般就好多了，甚至痊愈了。

介词实用（动词化）最有名的例子，就是林肯1864年著名的葛底斯堡演讲中“民有民治民享”（of the people，by the people，for the people）。但即使是学英语的，也极少有人深究这三个介词，of，by，for在这里译成了动词“拥有，治理，享有”，而且并非偶一为之。当然，在英语作为第一语言的使用者当中，介词实用并妙用，也非寻常之举。

前年，笔者尝试把广西最大的非物质文化遗产刘三姐歌谣译成英语，邀请马克担任英文译文润饰。马克在百忙中，欣然应允，而且还撰写了一篇极富见解的长序，结尾部分由八十个单词组成一个超长的松散句，作者把主要信息和实质部分在句子的前面首先提出来，随后句子后面附加大量修饰语或补充细节的说明。其中，又有两个过去分词短语，一个现在分词短语，五个介词in构成的介词短

① 《翻译的成色》，黄少政、华云著，广西师范大学出版社，2012年，第42页。

② *Plagues and Peoples*，William H.McNeill，Anchor Books，1977，P.244.

语和一个定语从句，每个短语由逗号分开，意义层层推进，节奏铿锵，最后在一个 in which 引导的定语从句达到高潮，结句极为警策有力，堪称教科书般的写作！

Here, then, is Liu Sanjie, freed from others' orthodoxies, walking in the integrity of her own ideas, in the music of her own heart, in the weather of her own culture, in the idiom of her own mountain realm, liberated by this humane rendering of her profoundly human life and works, in which each of us can find a self it's still not too late yet to be, a life it's not too late to live.

摆在你面前的这部刘三姐歌谣英译，译者试图剥离不同时代的意识形态的“征用”与道德的“挪用”，还原刘三姐歌谣的产生背景和发生场域，重新审视刘三姐传说故事的结构性因素——源于壮族的歌圩文化，带领我们穿越时空，亲耳聆听唱响在旖旎喀斯特山水间的天籁——刘三姐歌谣。透过少政的这部译作，我们读到了一个鲜活生动、漂亮机敏、大胆奔放、为民请命的乡野女性，足堪我们追慕一种自由本真的性灵，师法一种朴素高贵的人生。[①]

以上，看似题外话，暴露了笔者打开一个诗人的非典型方式：我是从具有高度辨识度的散文文体特征来观察一个诗人是否足够优秀的。重要的是，一个大诗人的基本文体要件就是你的文字是否刻意求工，足够的工之后，又看似平淡，其实又有足够的底蕴可供批

① 《刘三姐歌谣英译与演唱》（*Liu Sanjie: Her Free and Undying Mountain Songs*），广西师范大学出版社，2021 年，序言 XXV。

评家发掘。

下面我谈谈马克之于澳洲诗坛、中国诗坛的意义。和李牧原女士的看法相辅相成，我读马克，眼前浮现起以《醒来的森林》名重自然写作圈的美国人约翰·巴勒斯（1837—1921）。时至今日，这本书依旧是爱鸟读者的圣经。在巴勒斯的笔下，那些在蓝天中飞翔，在树林中啼叫的小鸟，都是佛教意义上有情众生，大自然的精灵，天地间的歌手。它们的千姿百态，悲欢离合，触发了巴勒斯的诗情画意般的摹写，把读者带入一个时空凝滞的中唐王维和六朝陶潜笔下向我们展现的“种物我两忘、天人合一”的美妙境界。

马克被澳洲诗坛名家朱迪·贝弗里奇誉为最具“地域感”的诗人，洵非空言。

自然文学最重要的特征就是地域感（the sense of place）。比如《醒来的森林》是作者约翰·巴勒斯以美国东部卡茨基尔山及哈德逊河畔观察鸟类的生活经历写就的散文集，作者让我们领略了鸟之王国的风采以及林地生活的诗情画意；马克自2007年南迁南方高原，至2014年因家庭变故，短暂北迁至距悉尼160公里的纽卡斯尔，两年后，再度回到他的灵感宝地温格卡雷比郡。可以说，马克对南方高地鸟类原创性的抒写（葵花凤头鹦鹉，蔚蓝翠鸟，蓝鹪鹩，蛙嘴夜鹰，白色凤头鹦鹉，琴鸟，食蜜鸟），初步确立了他在澳大利亚自然写作中的中坚地位。他经久贴近和独到的观察，并随物赋形，“诚挚而共情，复魅而独异”，荒原，沙丘，众鸟，无一不在马克笔下获得栩栩如生的展现，而他本人也从大自然中寻得了疗伤和慰藉。

观鸟在英美自然写作中，名家辈出，如何描摹精准，就成了衡量一个诗人诗性素养的试金石：如第59首，在河滩觅食的沙丘鹤，马克写道：

身后拖着/一双大长腿，酷似从未学会折叠的/乐谱架，一路在浮云中/信手涂鸦。

乐谱折叠架的比喻新奇有趣，一双大长腿，令熟悉当代时装表演的读者更是忍俊不禁。再比如，第56首《驻留电线上的蛙嘴夜鹰》，马克写道：

蛙嘴夜鹰/一声不吭……她/紧握充电的经络

蛙嘴夜鹰一对爪子紧扣电线上，如同“紧握充电的经络”，伺机捕食地面街角闹成一团的负鼠。如此生动的刻画，予读者以难以忘怀的印象。

马克具有强烈的生态意识，其诗歌创作实践最为显著的特点是既有“慈眉善目”的温馨抒情，也有“怒目金刚”的生态批评。正如诗人2019年和吉狄马加先生的一次对谈中厘清的，生态批评最早追溯到浪漫主义对早期工业化对环境造成的破坏的揭露。建制学术肇始于欧美20世纪六七十年代，2002年被引进我国。生态思想家沃斯特说：“我们今天所面临的全球性生态危机，起因不在生态系统自身，而在于我们的文化系统。”

生态批评学者和诗人直指问题的核心——人类中心主义的发展观，即把人从自然中抽取出来并把自然视为可征服的对象，产生了日前生态危机的后果。沙尘暴、水污染、核废物倾泻、臭氧层破坏、全球气候变暖、酸雨、物种灭绝、水土流失、石油泄漏、食物中毒、铅等重金属中毒致残、森林大火……人类生存的环境显著恶化了。

马克在澳洲诗坛并非第一个借助文学文本呼唤自然生态意识的人，但确实是一个持续发力已经形成一系列可观审美价值文本的诗人。2011 年的《火灾记事》，集中书写了震惊世人的澳洲稀疏林木荒草草地火灾，一问世，好评如注，并斩获当年的西澳总理图书奖。本书收录该书的压轴作，第 103 首《火灾记事》，开篇先声夺人，惊心动魄，熟睡中的“我”转眼间“就是过火的现场”，狼狈不堪，惊魂未定。

烈火洗礼沉睡的群山，他在废墟中醒来。
工作台上
灰飞烟灭；六层楼高的书柜土崩瓦解，

成为水泥地上的一堆，其间摊开着诗歌
破碎的肢体，流淌着
参考书词汇的灵魂。而他，是浩劫后的火场。

结尾，诗人则从理想主义的视角，表达了对于人与自然的关系，人类生存生态的忧思。

不配悲伤。他只是倦怠风险——美的
阴暗面。烈火是我们
所有人的疯狂。有了它，定期地，他将所有的梦想和安全

付之一炬，重新开始。当未来降临，如果她终于降临，

他知道，她会说

一种崭新的语言，其中意味爱的一个词是火，

另一个词是雨，而他将默然沉睡于两者之间的黑色领域。

结尾的沉思，和弗罗斯特的名篇《火与冰》形成互文，向前辈致敬之情溢于言表。全诗结构完整，叙事生动，创新隐喻迭现，诗与思浑成，当是自然写作不可多得的教科书级别的佳作。

华裔诗人欧阳昱指出："反抒情和幽默是澳大利亚诗歌的两大特点。""而那种后现代的反抒情，是对令人作呕的工于'诗'计、把诗写得像诗的努力的一种背叛和唾弃。"欧阳昱归因"澳大利亚诗歌因其历史短、国土辽阔、气候严酷、人民性格粗犷开朗而注入了一种粗粝、简约和不求华丽而直奔主题的幽默质地"。[①]

这里有两个问题需要澄清。欧阳昱说"反抒情和幽默"是当代澳大利亚诗歌两大特点，有以偏概全之嫌。比如，马克的自然写作这一路数（包括 2000 年去世的前辈朱迪思·赖特成就巨大，甚至获得诺奖提名）就不能归属其中。原因很简单：首先，自然写作的核心就是抒情，是对自然的敬畏。瑞士思想家阿米尔说过，一片自然风景是一个心灵的境界。自然写作自梭罗《瓦尔登湖》开始确立了不

① 《当代澳大利亚诗歌选》，约翰·金塞著，欧阳昱编选，欧阳昱译，上海文艺出版社，2007 年，前言第 2 页。

变的写作标准，著述者必须以置身荒野，热爱自然为志业，“优美的文字、深情的叙述和诗意的想象”基本上成了自然写作者的标配，借此陈明心迹，传递大自然的神圣和美丽，同时也向人们昭示了一种贴近自然、善待自然的生活方式。其次，就流派而言，贞·韦伯、保罗·赫瑟林顿的概述应该更符合实际（除了澳洲土著的口传文学）：“澳大利亚诗歌已经发展成一种深深渗透国际潮流，尤其是国际大都市潮流影响的独特的本土话语，同时保持着对当地问题、当地环境和当地文化语境的关注。”[①]这一评论持平公允，和一般澳大利亚文学史的关于当代诗歌部分的叙述是吻合的。比如，20 世纪 70 年代至 90 年代澳洲诗歌达到鼎盛时期，这一时期出现了大量不同的流派，产生了一批成就辉煌的诗人，如霍普、朱迪思·赖特、坎贝尔、詹姆斯·麦考利，相对应也出版了许多凸显地方性、女性主义、少数族裔问题的诗集。同理，如果有人硬要把当代中国诗歌写作窄化为反抒情的“下半身写作”或情感冷漠专务修辞式的“知识分子写作”（虽然这一路数的写作实践者众多），显然也会犯同一类盲人摸象的错误。

至于欧阳昱把“反抒情和幽默”归为澳洲地理和气候的双重作用，也有见木不见林的短视之嫌。英国文学史名家 Ifor Evans（艾佛·埃文斯）对“二战”结束以来英诗写作的现状有一个精辟的概括。他以公认同时代最杰出的英国诗人菲利普·拉金（Philip Larkin）为例：“拉金的长处在技巧娴熟，只是抒情范围略显狭窄，部分读者啧有烦言，但即使这一部分读者对他的诗艺也激赏有加。拉金以小说家的眼光，审视当代英国生活，他擅长描写乡村风光、

① 《窗口：当代澳大利亚诗歌》，贞·韦伯、保罗·赫瑟林顿主编，陶乃侃译，上海三联书店，2016 年，第 005—007 页。

家庭细故，波澜不惊的普通人生。如果说拉金的诗歌欠缺浪漫主义姿态的绘声绘色，或是现代主义主张的咄咄逼人，他也绝不仅仅是抑郁的社会现象的记录者，时常有人这样批评他；拉金最佳的诗行，貌似勾画平庸的现实场景，实则蕴含着强烈厚重的美感。的确，伤逝感怀构成了拉金诗歌的基调。但是，不管人们是否喜欢，伤时感怀一直都是浪漫主义运动以来全部英国诗歌中突出的基调。"[①]可见，推崇节制简洁，拒斥滥情夸张的拉金，实实在在就是整个英语世界主流诗歌写作（英美澳加新）的风向标。

我宁愿相信"反抒情和幽默"，即冷峻，克制，审慎，不煽情，不滥情，拒绝自我感动，其实来自一个英语"低调陈述"的大传统。博尔赫斯在《巴黎评论》访谈中谈及这个问题，极富见地："如果说有一样东西是英国人最典型的特质，那就是他们那种有保留的、不把话说满的表述方式。而在莎士比亚这里，没有什么有保留的和有节制的陈述；反倒是完全相反，他过分渲染、夸大其词。"博尔赫斯认为吉普林、华兹华斯，甚至约翰逊都更能体现英语的风骨，进而，他说出了一个令人困惑的事实：莎翁的文体在英语当中并非主流，而正因为他是异端，他才受到英国人的衷心拥戴："不知道是为什么，但我总觉得莎士比亚那里有些意大利人的做派，有些犹太人的东西；或许正是因为这一点，英国人才钦慕赞赏莎士比亚吧，正是由于莎士比亚跟他们是如此不同。"[②]

---

① *A Short History of English Literature*, Ifor Evans, Penguin Books ltd, first printing in 1940, 24th printing in 1976, P. 370.

② 《巴黎评论·作家访谈 2》，美国《巴黎评论》编辑部编，仲召明等译，人民文学出版社，2015 年，第 91 页。

我本人认同博尔赫斯的高见。其实，西方现代文学一个重要来源就是《荒原》《都柏林人》这一类“襟抱凄寒”的写作，剔除其中走火入魔的末日断言成分，英式“低调陈述”确实不争地风靡全球，引领全球的诗歌写作，当然更是英语国家包括澳洲诗歌写作的主基调。

具体到马克的诗歌，除了狄金森式对隐喻和象征的偏好，和对语言的锤炼和绝对要求，巴勒斯式对澳洲本土风物（特别是鸟类）的执迷，马克个人弃商从文之后命运多舛（两次家庭变故），至四十岁才得以出版作品，这种文化受难形象如何处理（弃绝自我感动，学会自嘲），欧阳昱说的“反抒情和幽默”就应该派上用场。

五个孩子和三四个昂贵的习惯
其中之一是生活，余下是寻找
填满人生的方式——还有你，我的爱人，这一切我要用诗歌和
希望
来换取。

诗人戏称人生是“昂贵的习惯”，接下来自问：

那么，我该是使我的家庭受穷，还是使我的灵魂挨饿？
…………
我还会继续从事计量经济学事业，不失优雅。

——《破产》

诗人把劳神苦形收益菲薄的写作和养家糊口的第一要务之间的

纠缠，归纳为是在从事“计量经济学事业，不失优雅”，令读者体验到一种洒脱而苦涩的幽默。

也许最能体会马克拉金式的幽默是第 82 首。

我和一群盗贼同住一个屋檐下。
他们夺走我手中的烤吐司。
窃取我的时间，早晨，
和夜晚。惦记我最珍贵的东西，
最不值钱的，也不放过。

我终于意识到自己不得安生，
近乎不名一文。
但我就是我
无意成为任何其他人。一个被洗劫的人，
却因此因祸得福，
我成了爱的恶棍的港湾。

——《盗贼之家——致亨利》

这首诗起因（诗人本人一开始担心过于私人化），貌似故弄玄虚的诗作（把自己的孩子戏称为盗贼），马克在参加北岛主持的“香港国际诗歌之夜”接受记者采访时透露过一二。一早上送完儿子上学，回到厨房烤面包片充饥时，小女儿露西冷不丁过来，夺走了诗人手中烤好正准备食用的面包片。狼狈的老爸假意哭惨，吐槽这群半大不小的“爱的恶棍们”如何拖累自己，多么劳神费心，自嘲是一个“被洗劫一空”的苦主。紧接着，画风一转，坚称自己“因祸得福，/ 我成了爱的恶棍的港湾。”最后这个梗（孩子是爱的恶棍）我一时费解，但仔细思来，会心一笑。对这个经济拮据，时运不济，但对诗歌和孩子充满坚贞不移爱心的老爸平添了几分敬意。

本书特别收录了马克三次来华期间写下的中国诗篇（第 24 首《鲁迅文学院即景——致朱迪》，第 28 首《邛海滨鹬——致朱迪》，第 35 首《桂花丛中——汨罗诗歌节咏屈原》，第 52 首《漫步西湖迷路记——致舒雨》，第 69 首《四间房子——致朱迪》）这些诗篇，体现了诗人的一个人格特质，那就是感恩，但又绝非一般的应酬唱和，构思精致，写人状物，体现了很高的诗艺。尤其是本书中收集至少有六首致朱迪（目前的女友）的诗，包括第 58 首《热带鸟》，写的是一对情侣约定分手。热带鸟长长的尾羽的意象，极尽一段恋情到头的绮丽与哀怨，把主人公恋恋不舍，剔除少男少女们的腻稠生涩，刻画得惟妙惟肖。这些诗篇有力地证明了虽然在婚姻、爱情上历经坎坷，诗人在情感体验上依旧是丰沛的，爱情仍然在持续激发诗人的灵感。文学史反复证明：“缘情而绮靡”或曰怀春，确实是真诗才的专利，特别是在“反抒情”的后现代主义诗学盛行的当下，更是检验一个诗性灵魂成色最靠谱的标准。

我们依偎在一起，坐在山上一块石头上。下方的森林
雨后，云雾蒸腾，我知道这就是你理想的
天堂。这般所在，你对我说，

你要么立刻起身，要么永不离弃。

我蹑手蹑脚小心翼翼爬下陡坡，
一片野生树林，一只热带鸟
从树冠上落下，双翅掠过我的脸颊

仿佛夜晚云层中的电光闪过，只是

更加凉飕飕。而她的尾羽，比雨更软，飘落时，
比爱更悠长，一出最初慢动作的华美上演
在离别绵长的诱惑里。

——《热带鸟》

不是吗？ 寻常油腻中年男，工作家庭世道哪一样都不省心，哪有精力陪你磨炼心性？而我们这位守着一屋“爱的恶棍”，被世事PUA的狼狈不堪的诗人，依旧珍视这些庸常生活中“微小如尘埃般的感动和美好”，虽然他对现代人情感的猥琐、索取、过度敏感充满自省，但他坦然付出的爱和温存，不仅指向温格卡雷比高地上的百鸟，同时也在认识残酷的人生真相之后，依旧试图通过自己的身体力行，独特的美学表达，寻到饱受创伤心灵的抚慰，重拾人性的完整。

黄少政

2023 年 2 月 28 日于广西南宁学院

目　录

选自诗集《所知集》

选自诗集《九首颂歌》

1.

颂歌四首

双鸦歌

降临节，大雪没膝，我出门，
查看何物一直在我家
铁皮屋顶上翻滚。凝滞不动。我明白了：原来是
两只乌鸦并立屋脊上，
眼中透着恶作剧的意味。
我返身回屋，双鸦复又翻滚，
它们从某只狗嘴里夺来一块骨头
你争我夺好不快活。原来如此。好吧，继续
又一天；赞美鸟类的智慧吧。

芦荻摇曳歌

沿小河，夜幕降临
从潮湿的泥土和冬草中。
在淡紫色的微风中，枯干的芦苇唰唰作响

就像一场闹哄哄的赛艇比赛。黄昏爆发
然后，一个黄昏的唱诗班，穿过
干枯的田野。一年中极致时刻，
天穹低垂，仿佛跪在地上感恩。
我转过身来，芦苇中传来一道声音
黄色的颂歌——莺啼祝福。

生者颂

凡人都不会久存，但有些东西会：
从现在开始，让我们有样学样。让我们
就用万事万物的语言，歌颂人生苦短。
务必以婆娑多态的自然——甚至
这些有机的自我，为语言
歌颂一次。永恒的化身，
颂歌，朋友们，学学鹪鹩
咳，咳，咳，咳，咳
平原和沙漠橡树。哈利路亚。

被剥夺者的颂歌

如果，有一天，自洪荒之始，
迄今，人们在这里开垦土地
他们想要你的海岸，淹死你的神

牧养你，尾随永恒，
从你的世界；如果你从沙丘上回望
就一次，为了你的生命，一个贝壳支柱
立定在你曾经生活过的地方，距离以光年计
贝壳演变成了化石之歌，
岁月将不停地歌唱。

2.

寒冬之光，一个星期天

——和加里·斯奈德[1]同类题材

云彩在冬末的光线中慢跑。
四点钟的空气在矮草丛中形成了一条高地小溪。
这样的时刻已经过去了
兼及嗣后所有的岁月。

飘柔舰队中的积雨云承受着东方最后的太阳，
乌鸦，在云层下面——叽叽喳喳，比寂静更快。
一只苍鹭走过，我站在附近观望，在浅滩上摇摇晃晃。
总有一天我也会离开这个世界，我会怀念

置身在这样的灯光下。有些生命从未体验过这样的平静
我希望他们快点原谅天气，
每一个名字都被提到，所有的时间都重新开始。

---

① 加里·斯奈德（Gary Snyder，1930—　），是20世纪美国著名诗人、散文家、翻译家、禅宗信徒、环保主义者、BG代表人物之一，2003年他当选为美国诗人学院院士，先后出版有十六卷诗文集，《龟岛》1975年获得了普利策诗歌奖。斯奈德是“垮掉派”目前少数仅存的硕果之一，也是这个流派中诗歌成就较大的诗人。——译者注

3.

黄昏河畔散步记

——致父亲

黄昏时分我沿着河边漫步，
在她

橡树在陡峭的河岸上冒烟。那一天
从下午的掌控中溜走；蟋蟀

在即逝的沉默上留痕。
黄昏的第一颗星睁开眼睛

走过山丘，释放热量和气味
空气中满是干草。
冬天已经过去

温暖，不会更温暖，白天，更温暖，自从时间开始
打卡。这个季节，冬天只想

晚上来，这里
冬天又来了，裹着一件外套
我走着走着。
雨已经全然忘记了
如何落下。一朵樱花开放

在河流拐弯处的杂草中，
一切看起来几乎一模一样

并非如此。万物彼此。
即使一切归于无，我的孩子们还在

我的孩子们，我是他们的长者。还有
你，我的父亲，也是他们的长者

你和我，俯视，同样的季节
我从小知悉所有的岁月。
一个驻留过的地方，

一切变动不居。山中

茅庐[①]。太阳低垂在孤儿般的天空中。

① 山中茅庐，中国的一座山，诗人的圣地，朝圣点，也是诗人陶潜（365—427）的家乡，据大卫·欣顿的说法 *，陶潜“重新发明了中国诗歌”（饥饿山，第 9 页）。——作者注

* 诗人说陶渊明隐退山中，恐与历史事实有悖。

大卫·欣顿（David Hinton，1954— ），当代美国汉学圈知名中诗英译翻译家。他中国古典文学功底深厚，除了王维诗歌外还译有杜甫、陶渊明、李白、谢灵运、王安石等人的诗歌，并且还有独立翻译《论语》《孟子》《庄子》《道德经》《易经》等，欣顿称自己的翻译为“文化翻译”（Cultural Translation），即在诗歌翻译时不再追求字词的对应，而是要将诗歌的精神和哲学内涵还原到英语语境中。他提出了“物我交融、人与自然浑然如一的‘荒野宇宙观’”（Wilderness Cosmology）。——译者注

选自诗集《初学者指南》

4.

咏 60 岁

——致史蒂夫·阿姆斯特朗

这些天二十分钟我的室内跑步就做完了，乏透
回到自己的房间，
一转身。还记得我们曾经一起策马野外吗？
白昼漫无尽头，江山永驻，河水
长流。肺活量强健，可以呼吸数英里范围之内的空气；
但凡有人求到，双腿立时迈开，
双臂阔大，足以把所爱的一切揽入怀中
且足够强壮，不会脱手。如今，
我们不过是凡人；爱已经赶了上来。

5.

站立

树，三棵
被剥过皮的苹果树，投下阴影
穿过草地，下午
及至盐沼和黑暗明亮的湖水
这就是我的理想居所

我的日子；那种痕迹
我想留下一个轮班
留心！在各种天气的下游，
有时会回忆起一个人如何学会谋生，
终于，站在世界的光芒中。

6.

几只鸟，一只狗

总有一天，你的孩子，
就像你的青春，学会飞翔，
但万不可催促他们。
在我上过如何在水中呼吸课的水库上方，烟雾缭绕
鹰在盘旋，木匠的双手，
把东风打磨，圆润光滑。

一只狗，正在学习熟悉地形地貌，
就像我想要实践的一道信仰一般虔诚，
不走熟路，探寻水边，莎草和淤泥。
狗出没之处，
烟火、爬树虫和鹪鹩闪避不及。
爵士乐；或者，
每首诗都是一首情歌，真的。

7.
爵士乐

诗歌，就像爵士乐一样，效果最好
只是太迟了，在黑暗中。诗歌
听起来像爵士乐，心碎

拂晓时分，耸了耸肩，重新开始
在悲伤的黄昏振幅。
诗歌的情感交织

听爵士乐有助于进入思考
屈服于被偷走的意象，
像黑色的音符，来自秘密

他人生活的秘密——歌词租赁
来自每一个有阅历的人那里
活着多么不易，

有时候，悲伤中也蕴藏——

美丽，但永远不会
找到钥匙，或自己走出
复杂的节奏
从最上头。这就是生活
它落下来，你在上升：

没有计划；只是一把和弦
还有轻盈的触觉和小鸟
歌。这是初级彩排，
即兴表演得太紧了
肯定有人得分了，但没有人
做过。或者再也不会了。

8.

琴鸟

——致黛比·林

整个上午都在写作，苦吟，
好像我在为每句话受审。
两点钟被判半死不活
我出门，开始一番高速行驶的冥想
出村口。沿着斯凯奇山道

一只琴鸟从声波伪装中，吓了一跳。
装腔作势无益写作
欲速则不达。
我把车速降下来，开回家，后来，
事实证明，在黑暗中写作同样困难。
午夜读书：脑子忽地跳出两个合用的音节，
你最好让它们付款。

9.

劈木柴

敌人，也是世界的一部分，但这是必须的忍受。

——谢默斯·希尼[①]《草药》

劈柴时，我想起了我的敌人。
在我看来，这是一种有用的打击方式
劈背，饲喂，锯条走动如常，劈细裂小，
更易燃烧：把一根根原木大卸八块，柔道
救赎的暴力，绝不留下任何一块
难以
燃烧。我举起劈裂器
上切下裂，被敌人贫困的灵魂
所迷惑，我自己的灵魂何尝不是这般贫乏？

① 谢默斯·希尼（Seamus Heaney，1939—2013），爱尔兰诗人。生于爱尔兰北部德里郡毛斯邦县一个虔信天主教、世代务农的家庭。希尼的诗作纯朴自然，奔流着祖辈们的血液，散发着土地的芳香。他以一种带有现代文明的眼光，冷静地挖掘品味着爱尔兰民族精神。希尼不仅是诗人，还是一位诗学专家。自 1982 年以来，他一直担任美国哈佛大学修辞学的客座教授，1992—1994 年还担任过牛津大学的诗学教授。1995 年，由于他的诗“具有抒情诗般的美和伦理深度，使日常生活中的奇迹和活生生的往事得以升华”，荣获诺贝尔文学奖。——译者注

抱歉，我所思所言，
居然如此不堪，但我非常确定

我的目标：不是原木，
而是劈裂它。今天下午
思来想去，正是我的大脑
主使我来劈柴，诽谤我
正如他的剧本
今天下午
我又操持劈裂器
狠狠劈来裂去，最后
我以为会是最艰难的一轮
总之，原木像南瓜一样裂开了，上百万
白蚁幼虫涌出，可怜这些苍白升不了天的天使，横过
阴雨绵绵，神圣无比的一天结束了。

10.

让我们欢乐吧（国际学生歌）

——致巴里·洛佩兹[①]

整个世界静止。闲适，雪松把第一束光
投注在一条小路上，我寻路来到小溪边。原木卡车经过
河边的路，马上复归宁静。

太阳不慌不忙，像一个哀悼者，淹没了东边的山丘
晨光照亮了远方，然后才渐渐靠近。
青苔用鹪鹩的美酒滋润着冷杉：趁青春年少，尽情享受吧。

---

① 巴里·洛佩兹（Barry Lopez，1945—2021），散文家、短篇小说家，共著有 6 部散文作品和 10 部非虚构作品，美国最具代表性的自然文学作家之一，是“当代从伦理角度重估人类生态行为的主要代言人”。迄今获奖无数：美国国家图书奖、美国图书评论协会提名奖、美国文学与艺术学院颁发的文学奖、美国自然文学的最高奖项——约翰·巴勒斯奖章、古根海姆奖、美国国家科学基金会奖、手推车奖等。1986 年，美国国家图书奖（非虚构类）授给了巴里·洛佩兹的《北极梦》。该书既是洛佩兹的代表作，又是 20 世纪 80 年代美国自然散文的代表作。不仅揭开了地球之巅的神秘面纱，用科学的严谨与诗意的表达，描述了北极地区独特的自然、人文景观。2016 年，首次被广西师范大学出版社引进出版。——译者注

11.

地衣

最好零下之上维持一度：我迫不及待想要结束的六月夜，
　就像这猩红的黎明里的一个时代一样结束了，
冬天的白昼，终于要把所有的光线都削弱了；
在一片灰色的喧嚣之下，我早早地起飞，进入周六，
在狂风中漫步在大学的操场上，我的狗喜欢抓兔子，
它像拉扯风筝一样，拉拽我在校园左冲右突，
我看到一个斜倚着的身影，是用金属丝和玻璃纤维树脂做
　成的，模仿当地的花岗岩；
躺在她身上的只有地衣是真的，她在科学院附近的一堆草
　丛中，酣睡，
若干世纪，梦想着一个似是而非的出路。
你不可能不停下来——除非你是一只小西班牙猎犬，
草坪上是一堆绷紧尚未分化的兔子粪便，
成堆的白色牙龈是一群逃跑的动物的诱惑——你不可能不
　和她一起安静地站着睡上半会儿。
她把头靠在祈祷的双手上，
很难不伸手去拿毯子盖住她。
很难不想溜进她身边。

12.

怀想但丁在光线透亮的林中漫步

——致朱迪，致但丁

木麻黄属树投射出玻璃般的阴影。
沿着海岸吹起风来；从沉默的坯糠中
提取出过去。在浅滩，
冬天的光线加倍
变成紫罗兰的白炽，倒影一只苍鹭凝神
出击，摇头，吞下捕获物
提出了另一个相反的主张。她姿态优美——
捕食猎物令人费解。
在树林间，我们悄无声息走过，牵着小狗，

谁是爱情里笨拙的编舞？
这里齐集世界上所有的新鲜事物：盐沼，红树林
树根，小狗从水边舔出苦咸味，
在码头的尖端。树皮
大狗管教小狗，来到我们身旁。直到他发现，
过了一会儿，又传来了气味。

在树木的哀鸣中，相距甚远
低矮的山丘，共享的心灵。我们伫立片刻，
然而，在时间的内在生命里；我们沿着打谷场走回家，
蓝色的下午从树上落下，像一种不同政见的音乐。
一个贫穷的阴影。

13.

周日早晨乘渡轮过英赛德海峡

我希望你和我一起
走。但我还是选择独自一人过英赛德海峡
穿过三黛海；曾经和你一起乘这班渡轮
不下一千次的倾诉，在这明亮的喧闹声中，
依旧欲语还休。此时
清晨把窗户洗得透亮，阳光
爱上了自己投下无处不在的光影，话语像鸽子一样纷飞
穿过蓝色的空气。神圣感荡漾在甲板上。

右舷有一群虎鲸
察出了什么隐匿的危险吗？
他们有这种能耐。春天的太阳踏出水面，
还有十几个岛屿，像温带冰山一样摇摆不定，
镶嵌在绿灰色玄武岩中，
一个人智慧天性中所有天使的水彩画。

只是，海浪给这漫长的时刻蒙上了一层面纱，
陆地霎时从眼前消失
回到它自己可能的生活的耐心的戏剧中。

14.
巴尔曼夜曲

午夜时分，在特纳街，有十几辆车
行驶中睡着了。
高高的鸡蛋花里点着几盏灯——孩子们读书到很晚
在床上。月亮睡过头了。
低着头，柠檬香味的口香糖几乎原谅了所有人的一切。
街顶的蓝花楹开花了

恰如黑夜投下的那种
影子。往上
在黑暗的天空中，一千个太阳在燃烧
蜡烛两头点着，加班加点
成了我们天空中的人造星辰。晚上独自一人，我很清醒
在我的另一个生命里，翻译着不可言说的世界。
语言似乎总是

有所蕴藉。语言不是用来言说
事情，而是把事物联结

在永恒的真实再现中。而你，我的爱，

谁能一句话就毁了一个人的一天

让他的夜晚用一瞥，抛去所有的疑虑，千里之外，

在睡梦中，躺着做梦

用花的方言。

15.

五月的满月

月亮是今晚的探照灯
挂在宁静的天空中。
冬天的第一个满月同样明亮
百老汇音乐剧
从中距离观望，开幕之夜。

月亮此时从白杨里逸出
就像从浴缸里走出来的爱人。首先，第一个
冬天的满月是你被捕捉到的最大的光点；
但很快，她就会变成一盏灯，照亮你的梦想。
九点，她变得祥和，令人祈愿。阿们。

16.

闪小说[1]

电话响了，是一个穿着睡衣的女孩坐在高速公路旁，抽着几个月前戒掉的烟，她告诉我，她多么爱一个并不真正爱她的诗人，因为诗人擅长写诗而不是投入一段真感情。她告诉我，她迷上的一个男人，刚刚离开她，回到自己的妻子身边。他可能不再回来，她劝我千万不要爱上有家室的人，务必远离那些轻易示爱，谈论起爱情头头是道，床技上乘的渣男，这号货色人格分裂，临到真正确定关系，就会不知所措。她还现身说法，劝我千万别学她的样，她该是心绪烦乱，有点不知所云。就这么着，早上十点，高速公路上，下着雨，一个女孩穿着睡衣，给一位男性打电话，那位男性就是我。

① “闪小说”是一种新的小说样式，源于英文 flash fiction。“闪小说 ”主要指小说篇幅短小。这类小说，具有小小说的基本特征，但又有其自身的特点。具体说，在写作上追求“微型、新颖、巧妙、精粹”。微型，指篇幅超短；新颖，指立意别出心裁；巧妙，指构思精巧；精粹，指言简。——译者注

17.

夜晚的房子

晚上，房子会投下
明亮的阴影笼罩一切
在白天这会很难。我自己的影子
投在地上，长，暗，细，
带着青蛙的歌声，朝着河边，

好像它忘记了我回家的路。一个人欲望的长度，我知道，
　等于他的
不幸。我的生活丰富而充实，而我却要崩溃了
努力维持。就这样。按下开关：
把你的影子叫作家。

18.

巴赫①，还是拉威尔②？

——致蕾切尔·马克斯

你在四点整醒来
似乎死人在换岗。
你不穿衣服走进温暖的黎明前去安抚狗，
从你身后的房子里传来两个音符
在你祖母的钢琴上，

没人坐在那。巴赫，你想。还是拉威尔？
一些赞美诗。一个帕凡舞
它的半边手指伸向你的脊椎。有一种音乐在戏耍你我
全凭心，不过两个音符，一个和弦，就够了
你永远不会知道是哪只手弹出
哪一部乐谱。

---

① 约翰·塞巴斯蒂安·巴赫（Johann Sebastian Bach，1685—1750），巴洛克时期德国作曲家、键盘演奏家。巴赫的音乐作品体裁丰富，其声乐作品以宗教音乐为主，对欧洲近代音乐的发展产生了积极影响，故被称为“西方音乐之父”。—— 译者注

② 莫里斯·拉威尔（Maurice Ravel，1875—1937），出生于比利牛斯西布恩小镇，是法国著名作曲家、印象派作曲家的最杰出代表之一。莫里斯·拉威尔追求表现乐思的自由，但他同时几乎总是留在古典形式和严格的艺术规则的框框之内，同古典传统始终保持牢固的联系。——译者注

19.

十一月的雨

十一月初。天越来越热
类似希望。天冷
像怜悯。今天早上，一场细雨很管用
熄灭夏天床上的星光
毛地黄和玫瑰，一种优雅的挥霍，

冒犯美——这样下午就会到来
再把它们打开。
回忆是我早晨的工作；我下午的工作，忘记了。
幸运的话，喜鹊云雀会陪我玩到最后，
音乐如你的花坛，歌词如雨声。

20.

四月尽头是五月

四月至五月

在围场下面的地方

这是它知道的唯一的一首诗

如何制作，今天下午，

我听说每天下午都是这样

我从没听过这首诗

之前。我听说是今天下午

一首黄色的诗，散发着

飘落在地上白洋树叶的味道

像阵雨飘过

像神一样的漫步，一个宏大的

豆荚，腻烦了舞

看起来就像四月的最后一天。

21.
金星凌日

昨晚八点，地球在轨道上运行
转过身，投下影子——聚集在一起
在我们孤苦无依的自我中——在半个俄耳甫斯的月亮上：
一个粗麻袋扣在湿婆神的头上，
在神圣的夜色中，被爱抢劫。
今天的黎明是钨色的火焰
我站起来用手指戳了戳火的眼睛，
第二天早上，前晚的余波散尽，一炷神圣光焰
投向遥远的下方。明晚，金星，
身着法衣，绕轨道运行
从五月下旬开始，她第二次出现，第一次路经太阳，
那颗陨落的星，从上个世纪开始。我们生活在神圣的日子：
　地球
走出阴影，
火星把太阳变成一条狭小的 T 型台：所以，
今晚这座城市怎么可能不像一盘沙拉，在飓风中飞散？
如果你愿意，可以称它为东海岸低气压：这样的天气莫如

说是

行星狂野做爱，众神如胶似漆，人类的过往，狂野不羁

而我们，像孩子一样，在永恒的床下惊恐地看着天上。

22.

四首短歌①

——游某水库

（1）

你认为这个保留区，
这片扭扭捏捏的湿地，在乎我是否
漫游此地？
树丛垂头丧气，近于衰朽
失爱？

（2）

我想起来了
某日，两只鹰
在浅滩上空盘旋
迅速燃起大火，啸叫声
来自大火的余烬。

① 诗人在这里泛泛使用短歌这一诗体。日本短歌要求三十一音节。——译者注

（3）

另一个：黄昏

麝香鹿

游过库首的水面树丛倒映

在堰中，野狗

和小鸟哀鸣。

（4）

那一天，一只鹪鸮

飞得太慢，寻不到合适栖息处。我

在草丛中眼见

它振翅

我的心，和它飞过的荆棘。

23.
蝉的十四行诗[1]

午后的感觉就像早晨
因为你刚刚唤醒了世界，亲爱的。

我在读你的邮件，此时从窗口抬头看
五棵树暴露在阳光下，

枫树，橙橙，榆树，白杨，和橡木
就好像我是潜水员，而这是水槽

水洞，天空，它的表面，古老的蓝色，
有好几层楼深。七、八

只蜻蜓轻轻划桨，伊甸园的桨手
凤头鹦鹉猩红色尾羽沉了下去

---

① 诗人也是在泛泛意义上使用 sonnet（十四行诗）。国内也译为商籁诗。来自中古法语 sonnet，来自意大利语 sonetto，来自拉丁语 sonus，声音，词源同 sound，-et，小词后缀。字面意思即小声音，小诗词或歌曲，原可指任意形式的抒情短诗，后体裁限定为十四行短诗。——译者注

穿过潮水，在帝王蝶飞翔的节拍后面，
苍鹭的叫声诅咒着她在大坝里的背运。

现在蝉鸣响彻地府
很久以前，他们唱的是你的十四行诗。

24.

鲁迅文学院即景[1]

——致朱迪

聚集在这里，像沉默渴望发出声音，
鲁院的树开始生发出叶片。附近

图书室旁，十一株树披上新叶登场，有点惊讶
身着同样的队服——一个季节的品牌

同样条纹的套头衫。排成 4–4–2 阵形，他们的影子落了
　下来
在他们脚下，他们以后不会记得那些动作

如何制作。梧桐树穿上了伪装
白杨在离家很近的地方鸣叫。

---

① 诗人 2019 年春季应邀参加中国国际协作计划，驻会中国作协北京市八里庄南里 27 号校区一个月。本诗“即景”指的是乔木林立，绿植密集状似花园的八里庄校园。十一棵树，并非实存，诗人想起他在澳洲踢足球的女儿，遐想八里庄校园的乔木类似现代足球的基本阵形和上场队员人数。——译者注

他们让我想起昨天散步碰到一个男孩，
一个在大街上行进的战士，

手持未爆炸的军火，一束新加坡兰花，
一盒春色，樱桃白中透着北京颜色

你从未听过的最轻柔的枪林弹雨，
花园在列队行进，虽不足一百株花

在一个士兵怀里绽放
广场。他前进时有点尴尬

黄昏时分在人群中响起，我不记得了
报名参加这个活动。他们带来了——树，这个士兵——

我记得，我的儿子，他们的思想有点绿色
每一天绿色，更深；他们手持去年的水果，像炸弹

幻想自己有勇气，扔出去。
木兰花——时尚，有点脏兮兮的粉红色，

经典奶油——还记得他们是怎么在里面长大的吗？
我的童年时光。我的女儿会先爬上梅树，

我的另一个儿子就是筑巢的松鸦。但
那是园丁亲手留下的丁香花

在被霜烧过的草坪上对我说：运气好的话，就是这样
我老了，失败了。无论你走在地球上的任一角落

一个生命停止了，一个生命开始了：正午和煦的阳光
暖洋洋照耀我们，记得这一点。

让一个瞬间持久，需要用一生的努力；
拥有一个充满阳光的院落，则需要无穷的世纪。

选自诗集《从水下行走》

25.

关于飞翔的小故事

——受爱丽丝·奥斯瓦尔德[①]作品启发

这是一个关于鸣禽的故事：
秘密：可以自由分享但很少有人问及

绕轴心飞翔，天空被蒸馏，
就像醒来，穿过黎明，草坪，玉米

地，午后的森林。
鸟儿的世界是旋转的世界，盈月；

潮汐也会旋转，就像河流一样，
源自岩石，希望的震撼，颤抖

一想到处于静止的翅膀，心里就激动不已：

---

① 这首诗的结构、韵律和节奏都受到爱丽丝·奥斯瓦尔德（Alice Oswald，1966— ）的《降落事》（*A Short Story of Falling*）的启发。爱丽丝·奥斯瓦尔德，英国诗人，出生于伯克郡雷丁市，目前为牛津大学诗歌教授，曾获得 2002 年的 T. S. 艾略特奖和 2017 年的格里芬诗歌奖。

就像一颗转动的心平静下来，并且一跃而起

再次进入它熟悉的飞行
时而逸出无边无际的海岸线。

这是大地耐心的抒情诗
希望天空成为它的第二次诞生。

如果自由是最难抓住的边缘，
这就是它的保存方式——未被购买，未售出。

今天早上，这是两只刺嘹鸟的歌曲
攀飞，编成冬至的韵律的绳索

每一棵花园里的树脱下衣服，唤醒
我的日子就像一扇门想要打开。

想要哭泣悲伤的和弦，他们已经飞走了，
一个人必须让过去过去，在你长大

成人之前，意识到心在骚动，在这一页
写下乐谱，好像

发自我的内心。一夜之间猫头鹰来了，
就像青春放纵时光的书籍，低吟的鸟儿，

把每个午夜都误以为黎明。
让他们永远的错误成为我自己

周日的技巧。无意间听到一个寓意：
关于鸣禽的爆炸性新闻。

26.

渡鸦

听着，我的朋友，走这条路，就能启开一个人的心……

——米拉拜

礼拜日早晨，外出散步，初春，乍暖还寒
日光中仍旧透出几分寒意，一只渡鸦

飞过我的头顶；翅膀斜倾，
在礼拜日空气的素体诗里，

不知何故，渡鸦清楚自己的翅膀倾斜了；
我想，该是拍翅时不该发出的呼哧声，

我想到，每一天我的心重新打开时该发出怎样的声响；
怕是最初并不情愿

担起责任，让我的躯体经受所有的需求和渴念，
让它负载无重的载重：等待

无来由的忧郁就此止息。只是，依然
心会启开，绕着门枢哭诉，

自有秘而不宣的希冀，不愿就此打住。
缓缓穿过银色的橡胶树，

阴影，如帷幔罩住，
情人们衣饰，一片羽毛

脱落，来自另一只鸟儿
羽毛尖头插在草丛中，闪着蓝光

呈现蓝靛色——在丧服之中
我思忖这该是事物的本质：

在有序的世界里总有某种野性
狂热坚持自我；这就是一种爱，

你必须放手，可它却不会放过你。
这种事并非你希望放手就能如愿，

你受到呼召，去做的所有事，爱，空间

几乎所有的一切你都懵懂。

在家中，你把它浸在玻璃杯里，然后从头
开始。话赶话，一拍接一拍，

痛苦也有妙用，让寂寞像羽毛一般
丰满，从中将生长出未来。

27.

飞行研究

风从四面八方猛烈刮来。欲望使蓝灰色
空气膨胀。此刻，当我走在大厅里时，晨光已显露出来
由不得令人欣喜。书架上一本关于鸟类的书

从滨鸟到蓝鸲鹩，一场不安的会议，仿佛
它，同样，这本书，生来就是为了燃烧，所有被笼罩的都
要飞翔。
就好像这一千五百只鸟可以用来研究飞行一样。

28.
邛海[1]滨鹬
——致朱迪

邛海的浅水区，
西昌的滨鹬在高声鸣叫

细柔如丝，既伤悲，亦甜蜜
雕刻在借来的时间之中，唱出来世的智慧，

透着爱的凄切与幽怨。
凋零的荷叶间

雾霭还未消散
清晨湖边码头上，几只老鹰垂头，作吊丧状。

---

① 2018 年 11 月诗人应邀参加西昌丝绸之路国际诗歌周。居住在西昌市的母亲湖邛海之滨的西昌宾馆。邛海水域面积 30 平方公里左右，是西昌市区工农业及城镇生活用水水源，也是重要的旅游资源。2002 年 5 月，四川邛海—螺髻山风景名胜区为第四批国家级风景名胜区。——译者注

我与爱人、三两好友泛舟在划破平静的湖面。
方头平底船把岁月深沉的静寂轻轻划开，

空气里透着安详，
雾散，湖面呈现。

过往逗留中国若干次，
我学会竹的韧性

一如铃鸟的静默，不会折断。
冬日里，六七个长鼻鸬鹚

好似游乏的孩子，仰面倒在地上
湖水中浸淫，下午被狂风如水闸泄洪摧残
怅然，假日将尽，一切都有终了。
一切。除了无尽的乾坤。一切都会终了，

大地，因了歌声，再生
邛海浅湾，众鸟歌唱。

29.
仍然

月亮依旧苍老，落在水面上，拖曳它走过的痕迹
在湖面上，蟋蟀仍在鸣叫。这个错综复杂的世界变慢了。
我们是多么虚荣啊，忘记了动物的自我。黑夜依旧。

30.

海草

为什么当我醒来的时候

在这康沃尔海旁，我的舌头

是如此地疲惫，迷失在深深的，

和你的长篇大论？我的睡眠

似乎一直很有说服力，

微风整晚吹过我的窗户，

像大海一样忙碌，波涛时而冲高六米以上，翻滚起伏

海岸。海鸟很晚把我叫唤醒，在刺眼的阳光里偷偷地飞回来

歌声——海边的棚屋，摇篮曲——让我在睡梦中昏昏欲睡。

醒来时嘴里的梦

虽然我完全不记得他们的冗长演说，完全不记得

精致论述，涉及如此之多的论点

我的梦想是咸的

有你和芬芳

带着对大海的向往

把我扔到她的床上，用我的舌头
就像膀胱破裂，让我的船失事了
十一点半，搁浅在她的大腿上。

31.

最后

月光如洗，我和朋友漫步在红树丛中

黄昏时分。一只苍鹭在平原上徘徊，蝙蝠成群结队地飞过

这条河流入城镇。多年后，我的心终于平静了。

32.

哀鸽，禅宗花园

——致菲利普波特

在棕榈冠上，鸽子呻吟，清晨
叫人猜测不已。另一天，
一个星期六，找到它的脚。轮船的喇叭声响彻港口。
天空低垂，七海畅游
我心中深海般起伏不定的悲伤和希望
早晨就是它们暂息的海滩。在某一时刻，

如果你不能忘却，你就不可能放下；应该记得，恰恰是，
事物心灵的音乐——鸟鸣、蛙鸣、云影。
固定的海岸线；成长中的孩子；万事万物的本性。树叶
像海盗的碎片一样落在池塘边的鹅卵石上。你的内心很
　强大
而且不会停止：水
在石头上，夏天藏在秋天里面。

33.
荷塘

心慕天堂，始于淤泥。
开始变形
从被囿禁的地方。踏上朝圣之路
污泥淹到你的脚踝。如果是陆地禁锢不放
或是靴子卡住了，最后，你挣脱
踏上涅槃之路；如果
在夏天，海水退潮，还有些微不良气味
既然你是发自淤泥，你的本性更显纯洁

当你的思绪开花时，
花园芳香四溢
你贪婪吸入，更像鸟鸣
你终于开口说话时的声音。开始潜水
如果你心慕天堂。起于卑微
冥界，如果你心慕敞亮的大地；你的起点
众人的耳朵无从企及。沉入碎石，撒种
艰难的人生，众生，

时而沉沦：宁静
源自不洁；只有爱才算爱
能把荒地变良田沃土。这些废物——虽不能发挥更实质的
用处——
却能绽放光芒，照亮白昼。荷塘，
一块始自南方日子重新规划的湿地，
一幅完美而空无的画卷，映照你不完美灵魂，
无可奈何地爱上了二手世界，
庸俗的细节；荷花绽放时，

莲池不啻就是佛的化身
自在而写意；圣托马斯的基督降临了
从十字架上。自由诞生了，但拒绝停留在匮乏中；
文学在污言秽语的泥浆中起步了。
在失败的养料中，
在凡人认定不可能之处扎根，
成就你唯一能成就的人生。
乖谬不久长，
希望不负人，
既然废墟也能生出美，
哪怕污泥浊水，
莲花也能托举起天堂。

34.

电子鼓唱诗班

竹亭寂寥

遭到贬谪放逐在外的士大夫，

别离亲人和故土。黑夜是一间山中

茅庐，竹林的窗扇飕飕作响，

盗贼夜窃得手，急着逃离现场

成袋成袋装满偷来的星星。

微风中，树林在痛苦地呻吟

汹涌的海潮中；吱吱作响，就像波涛中的帆船。

白天，在展开的卷轴上，读家书

并信笔写下对女性的渴望

永远无法满足的渴望。听听他们是如何

诅咒爱情，诅咒它的终结和毁灭，

似乎，一切，尤其是安慰
他们曾希望终老时能够还乡。庞大的

草丛，被渴望掏空的笛子，它们站立着，
注定唱着过时的情歌

他们的声音和他们的日子。放弃你所有的悲伤，
然后，到了海边的竹林。让这些流亡

的贤者把竹林变成了一个唱诗班。
祈祷的圣地。

35.

桂花丛中

——汨罗诗歌节咏屈原[①]

亲爱的，这片桂花丛的天空阴郁，溪水清冽，
那时，你还青春年少。风已停息，你能清楚地看到
光线透过溪水，沉淀在永憩的河床上；每一颗星星代表一个单词，

在这片静默里，一个单词代表一颗纯洁的心灵。你我可在
这片溪水里游过？或是在秋日的桂花林中漫步？
你是否从那芬芳的树上折枝，吻着我直到春天来临？

抑或，忧伤的我，此时是否还活在传说里？过去这些天，
天空集齐全世界一半的天气和回忆：
星期五，旱情在山头点起“世纪末”的大火时，

满月高悬在九月的田野上。接连五天，

① 2019 年 4 月，诗人参加第五届中国国际写作计划期间，鲁迅文学院安排全体外国诗人赴湖南汨罗参加该地举行的屈原纪念活动。——译者注

等了一年的时间，大雨从天而降，山岭恢复了
往日的青春。听中国人说，心属火，有时
心是烘炉，有时又是熔炉；时不时将森林烧为平地。
天空亦是，熬过干旱，喜迎雨季，春暖花开。
今天我坐在湖边抽烟，阅读，驱车返回，我看到

夏日里第一只蓝翠鸟，像我一样，沿着小溪飞回巢穴。
为的是赠予你，我捡起金合欢树的枝条，今晚用来熏香，
屋子里弥漫桂花的芬芳，我无法入睡，未曾和你同睡。

36.

阿尔盖苹果树

在 IGA 的停车场，一棵阿尔盖苹果树，

高大如所有的早晨，屹立数百年

乌云密布——蓝色的积雨云亭亭如盖，一层

悲伤在希望和花园中绽放

大宅的对面是一座大都市

花，马德里的春天，和在此地

繁盛的万物，在这里一片兴旺

清晨的雨——都是他们的工作，甚至

她们自身的美丽让她们无暇顾及。

有时候，生活就是我所知道的最难接受的礼物

如何领受生命；其次是宽容。

从自己开始。我想知道，

我能再像瓶刷一样打开，像雨
一般落下，像云雀一样哭泣，

为所有的岁月、失误和奇迹
把我带到这个古老的早晨，
我所有的工作都将实现。

37.

春天和苍鹭

春天一日

春忽而来临，无来由；

就像泉眼，自动涌现，开了花

在草地上，蔓延开来。

如今蜕变为一片沼泽

花园的一端是一片泥沼——自泥沼形成

西莫首次踏足那个星期（很卑微

升天，一个人间的神化），我想是在某个早晨

我会找到漫游的诗人（迷失，

快乐，自在）[1]。

与此同时，

一只白脸鹭来了

然后扎营。还有画眉，搬进来了

在冬天，

于是。众皆升上天堂。

---

① “迷失，快乐，自在”取自谢默斯·希尼在《托伦德人》一诗中的（“lost，unhappy，and at home”）。——作者注

38.

八月，雨后有感

——读简·凯尼恩的《晒干草，八月雨后》

释卷……我一时想推开危险的抽象，搁置隐喻，
借来的信条，微妙的讽刺和精细的野心，
出门，沿着小巷，
穿过雨后芳香四溢的苹果树和野草，
好似正在发情期的某一动物，
来到牧场，再次携手，
静寂的乡野，称呼我，
就用缓慢平静的方言，属于永恒，
属于
此刻的方言，
属于方言自己。你也想来吗？

39.

冬天的歌

爱的污点在世界之上。

黄色，黄色，黄色。

——威廉·卡洛斯·威廉姆斯《情歌》

海棠花的叶子是爱的颜色，

在洪水泛滥的平原上，一天过去了

找到了她害羞、自愿的方式

在下午帐篷的门帘下。

文森特也在这里，带着他的油画，

在初冬的围场上涂抹深秋，

即使到今天，依然拒斥现实。

在我邻居的水坝上，白面鹭弓着身子

穿上蓝袍子，站起来

就像忧郁症患者从办公桌起身。某一心不在焉的学者

迟到了，急匆匆赶去上课，白面鹭向南，飞了一条松散的抛物线

进入滚滚的黄昏，
爱的呼救灯塔闪烁
熄灭。持续时间和所需时间差不多

写下来。看到了吗？ 白面鹭一去不返了。
深红色的蔷薇花一直开放到傍晚
在最后一片明亮的树叶中，
把每个鲜红的苹果送到嘴边
仿佛这是世界上最后的水果，白面鹭则是地球上最后一只鸟。
我坐着，一直坐到深夜，把白昼最后的情歌
投入火中，
静待黄色的月亮升起。

40.

全球变暖

——致李牧原

你的悲伤是一片大陆，她说；
你是冰封的北方。
冬天，在我小时候的地方，土壤变成了石头。来自大草原
　尽头
狂风席卷而来，像草原上的旧闻
哭泣；那时，世界霎时变成了地狱

人们唯一知道的词汇就是悲伤。如果我的悲伤阴森幽怨，
我想；
深达十米，久久不融化，你的悲伤一定如此，
也可能是全世界
有些消息是好消息：
因为夏天到了，世界在变暖，而且
未来的日子也许会造就我们。

41.
艾平镇十四行诗

今晚我走在我出生的街道上
牛津，剑桥，比克罗夫特和肯特。夜色
明朗，月亮下方，木星酣然入睡，
商店，都兼营房地产
业务，老火车站如今迭代进化
进入第三期。我的夹克穿在
我儿子的肩膀上，维持体温，
夜间，我年轻时走过的街道
等着你来。
我应该在这里转弯
说说那个夜晚，赶上最后一班火车
出城。感叹
我年齿渐长，对人世浑浊依旧不明就里。
但世道如斯。还有：爱在等待
午夜时分，爱几乎总是如此。

42.

晨雾中的白色凤头鹦鹉

阳台，早晨，倦怠的
雾。天空蒙住眼睛，被捆绑，被鞭打；夜间的
寻欢，正酣。早早醒来，我听到白色凤头鹦鹉乐队
进城商演。纯洁的强盗，逃跑变成安静的骚乱，一群淫荡
　而神圣的人群
唱着疯狂的歌曲。他们扯下梦中人的床单
唤醒，书写未来的日子
和思绪，以在空中涂鸦的波斯语。
他们语无伦次
并肆意赞美末世论

空洞说教，颠覆
所有的修辞和灾变希望的原意，
迄今为止。他们把晨雾像痛苦一样撬开
在他们身后，忽而，一股虔诚的白色像风筝一样消失了
在古怪的沙漠风中，在他们疯狂的歌词之前的好长一段
　时间

声音消失了。结束已经开始，

每一次到来，又无色消逝，这是第一个早晨

众神在他们不计后果的欲望中繁衍，它就像一首长长的波斯情歌

紧紧抓住你清醒时的样子，

我的爱。

43.

恐慌来临

当沉默在你心中变得尖锐，不愿被人说出口；
当悲伤在你内心深处生长，像冬天一样，却

不会痊愈；当恐慌袭来，就像过去一样，并不会
动摇；当五年没睡的觉变成

怀疑的噩梦，干旱的生活；当恐惧
在你面前醒来，手里拿着剪刀；当

希望变得比你所知道的更加困难；
当脚下的地板突然陷落，你的梦想

思想，理想，你知道；世界突然塌陷
一切复归陈词滥调，任何地方都不再有和平

你的名字的一连串字母——我希望你记住这一点：
恐慌过去，恐惧就会结束；这些

你的日子磨蚀，堕落将成为生命
再一次，这将是你自己的。你永远

不会忘怀，但毫无疑问，你会熬过去的。
你将愉快地站在冬日的月光下，嗅到某种香味

当你醒来时，要知道天气在变化
春天就要来了，

岁月会扭过头，惠顾
朝向所有从一开始就落在脚下的光。

44.

冬至

夜是玻璃做的，
入夜，白昼放空自己。在草地上，
半月张开怀抱
把枫香树揽入。宁静就像一条河
集水。半年过去了。
一个人的生命在冬至和午夜
就像象形文字道出花园的孤独
获取；快乐，无缘无故，
在符号之间的空隙里。

45.

跌落

接近满月的月亮从树木繁茂的山脊升起，进入黄昏

六月洒下她的倒影，一个解体的天堂，

穿过浅滩。三只黑天鹅，近岸，打捞跌落水面的月光。

46.

选自“二十四首诗”

悲伤是个慢吞吞的小偷，
消耗一个人过半的岁月：
一月份的雨。

有时人们想要
停止。蟋蟀不会停止鸣叫。青蛙麇集
在池塘里：继续。

我哀伤了一个上午
够久；整个下午大雨倾盆。
夜幕降临，一如既往。

奔跑是灵魂的
工作；早上在河边。
跑出三公里，折返三公里。

有时，人生艰困

我时而犯浑，止不住

路怒症发作。大部分时间都在下雨。

午夜过后，半月

高悬天际，一百英里远，

一如既往，出发。

47.

橘赞

坠落的小世界，
终于成熟，通晓世事，
这个世界，包含你我
包含我们所有人，
呈现一堆高大的火焰的颜色
通红似火，没错
剥开一颗橘子，我也在剥开自己
为人用，我也受益
一块一块品尝星星，他们
成就的金子，死亡，燃烧
在时间的手指的顶端。

48.

有烟的地方

就像班柯的鬼魂，四处游荡，羞惭
一个国王，这些森林自我的灵魂，
这些被点燃的树——众人组成的合唱团
他们现在不会投下的阴影——让白天扩张；
他们用来生挤对你；他们把光
裹上尸布，搅动时辰，频频摇动他们神秘的头。
也许他们就是你摈弃的生命
弃之不顾，离开你没有立足之地。
因为疏忽惨遭戕害。
但愿浓烟吹散，这场大火之后
会有雨水降临。唯愿大火未燃，
你就赶上前去，扑灭
即起的火焰，你也要学会
只有你一个人才能分享的爱。学会
什么不该舍，什么该弃，以及何时。

49.

地狱

地狱：我们走在地狱的屋顶上收集花朵

——简·赫斯菲尔德[1]

回到十一月下旬，蜘蛛织网
像圣诞彩灯一样，
在车库后面的门框里。
六周以来，森林大火腾起的浓烟，
自北而南，一切尽被烧毁，车库已经积了一层灰色的淤泥，
一群低沉的声音
十亿只坠落的鸟，
弄坏了多钩长线
漂浮的网。悲伤花环
废弃的树林和城镇，
沉默淹没了一切
四野，极目之处。大火的灰烬，

① 简·赫斯菲尔德（Jane Hirshfield，1953—　），美国当代女诗人，毕业于普林斯顿大学。已出版诗集六本，散文一本及大量日本诗歌翻译作品。——译者注

让我告诉你，才是恶虐的天气
格格不吐的胸臆。直到刚才，
几个月后，
一场小雨，就像一个古老的单词，
开始了。

50.

十月二十四日十四行诗

——致朱迪

今天下午你才是真正的你，我的爱：
似流云轻盈温柔，
静止的空气，声响
黄昏向钻石鸽子租借，

回忆　渐渐失去的白昼
在经历了所有痛苦之后，快乐终于来临
进入我们的生活，就像太阳升起
走进黄昏的静室说

表述谢意。噪鹊虚情假意
小小的抱怨，凤头鹦鹉收回
旧的悲伤，把它涂成蓝色。夜幕降临
在我们有机会之前的所有日子里

去爱，像所有的夜晚一样散发芬芳
来吧——星星陨落，江河奔流。

51.

沿海岸飞翔

——致朱迪

沿着他们的海岸飞翔

滨鸟诉说着爱，谁的爱

他们会想到我们吗？

52.

漫步西湖迷路记 [1]

——致舒雨

我在西湖畔漫步，迷了路，雨水抹去了
时间与永恒的界限，恍惚中
该是我的记忆出了差错；午后

飞燕的歌、恋人失和，漂荡在希望与悲伤之间的小船
仿佛连成一条闪光的长丝巾；猩红的灯光，如同灰色落叶
游荡在地面上，柳叶已枯黄；黄昏时分

中国朋友先前站立的地方模糊不辨，不远处石碑上的字迹
写意，飞扬，隽永，但无语；
我迷了路，心不在焉不知如何是好，四处寻你

你，静谧的女儿；我循着杂乱无章的
银杏叶，猜度你的方向；我四处寻啊寻

---

① 2017年11月，马克在参加“香港国际诗歌之夜”后，到杭州进行分站活动。其间中国诗人江弱水、舒雨陪伴马克游西湖。这是他第一次到中国内地。——译者注

冬衣，秋饰，忽而祈祷，忽而绝望——

蓦然，瞥见你，在庙宇旁，传说中知音不期而遇之地

你就是金木水火土之外另一行：凡庸世事见天堂，诗与静。

53.

濒死，如何自处

这么多车，起得大早，依我说，
五月的第一个早晨
六点三十分，雾罩温格卡雷比。

曾经的沼泽，变为牧场，希望
复归沼泽；
河流想要成为早晨。围场

像纯种马在跑道上蒸腾。六匹马
身披围裙
在贝里玛起霜的山坡上吃草。艺术

体现在濒死之人如何自处，有人说，信仰
靠谱；
有人说，爱才管用。但拙见，今早发生的一切昭示

另有他途，当我以百公里的车速穿越黎明时的温城。

车过马儒兰，

观一农夫驾全地形车，前灯打开如一团火焰，

驱赶牲畜上坡仿佛脑子里

还在盘算

该不是今天该去教堂忏悔？ 继续开车

高大的雪桉俯视燧石

河岸

我思考下一步行动：如果有第二次，

我可能下次再来。但此时我愿只是一只凤头鹦鹉，

刚刚

出浴，在我身后暗黑的云团下

盘旋霓虹的放逐。我愿是

静水路上的

一座小教堂，一群不守教规的教民——

青稞草，泥盆纪时代的石块，渐渐渗出地面的盐碱，

寻找隐蔽的羊群。

这般所在，我甘愿

来此一拜。直到永恒。找到自我

以前的自我。

这该是我此生的一个巡回，回到耶稣受难像前默祷。

54.
财富

圣诞节前一星期，我驱车
沿铺着沥青的高速路，翻越
灰色的山脊，回家，
冒雨，我把家人接回　上床入睡
然后一声不响，在未用完餐的餐桌旁
坐定，自感
生活不胜其扰。思绪纷乱，如孩子们的玩具摊满一地，谁
会把凌乱归于整洁？生活总是有点吃不消。

彻夜都在下雨，如同不绝如缕来自天空的掌声，令我沉湎，
而今天阴影，身着阔大的衣服，在赤杨与苹果树下
迟迟入睡，我
仿佛失了魂。整个上午
沿河一带都在开挖筑屋，各种噪声此起彼伏。如此
怕是不久我得起身维权什么的。

我想打开鸡笼，把母鸡放到院子里，然后去一趟

围场，干草垛倒置在忽明忽暗的阳光里，
我想，趁女儿还没有起床，
迎风到河边散散步，
就让雨冲着我下吧，如果雨要下，
就下到河边，兴许在那儿我就能找回自己。

55.
着火；或静坐的艺术

翠鸟着火，蜻蜓引焰

——杰拉尔德·曼利·霍普金斯[1]

午后，我在伏案，抬头看到
一只蓝翠鸟落在一棵水杨树上。

蓝色的十分钟，她身披袈裟，
静候，寻机捕杀飞虫，

我注视着她在自己的哑剧中大出风头，
不动声色，完美无瑕，侧身银叶之间。

仿佛被我的目光牢牢锁定，直到
我的视线偏离一瞬间，她飞走了：基督世界最安静的鸟

① 杰拉尔德·曼利·霍普金斯（Gerard Manley Hopkins，1844—1889），英国诗人，他在写作技巧上的变革影响了20世纪的很多诗人。其中比较出名的有W. H. 奥登、C. 戴·刘易斯和迪伦·托马斯。他强烈而充满圣灵的抒情韵诗，使他得以跻身于伟大的现代诗人行列。——译者注

近乎天体逃逸速度

非我笔力所能及。我想学她

静如处子动如脱兔的能耐，我的身体

化为一个饥饿的念头，身心合一。

56.

驻留电线上的蛙嘴夜鹰

深夜我走出门外，
伊丽莎白街头
电线上　栖落一只
蛙嘴夜鹰。
　　　　一声不吭
出卖了她：原来
负鼠斗气，鹦鹉斗嘴
闹成一团。
月亮裹着云层云的
襁褓，鸟儿是温柔的照明灯
一条火线。
　　　　　　她
紧握充电的经络，

从我的下方
看起来像某种事物
无从以任一大词

——爱，真，空，恩——加以概括
或可用纯形式，隐喻道出部分真相。
这只蛙嘴夜鹰在燃烧。饥肠辘辘，
依旧不动声色；准备入睡
像在准备死亡。她是一切
黑夜不是，
她才是主宰黑夜的那一个。
我伫立静观，但她
更擅长静观术，
细雨凄凄，我抽身离开。

57.

蓝翠鸟

——致莫琳·哈里斯

那么，每只鸟都会把自我意识
投射在前方，在河上逆飞——
始终不坠，执念——
目标，紧追不舍。仿佛理想永远尽在眼前。意识到近于
　湛蓝
的蓝翠鸟——如一道黑色电流，意念丰硕
整洁而优雅——在秋天最后一个
温暖的周日，迅疾抵达岸边
速度以秒计，先于鸟儿几秒
当她以光速飞过，她的名字
　　　已是你舌尖上亮蓝的短语，已是
你第二个未能释怀自我的节律。

58.

热带鸟

我们依偎在一起，坐在山上一块石头上。下方的森林
雨后，云雾蒸腾，我知道这就是你理想的
天堂。这般所在，你对我说，

你要么立刻起身，要么永不离弃。

我蹑手蹑脚小心翼翼爬下陡坡，
一片野生树林，一只热带鸟
从树冠上落下，双翅掠过我的脸颊

仿佛夜晚云层中的电光闪过，只是

更加凉飕飕。而她的尾羽，比雨更软，飘落时，
比爱更悠长，一出最初慢动作的华美上演
在离别绵长的诱惑里。

59.

沙丘鹤

天空乌云密布，沙丘鹤
伴随桀骜不驯的灰色音乐
落在河中。以前，开车过玉米地
就看到过这些沙丘鹤，一群假释的鬼魂，细嚼慢咽的食腐
  动物，
临时夫妻——不放过每一场降雨。
黄昏，普拉特河向东流去
裹挟来自怀俄明的
融雪

我站在桥上
观鸟，
成双成对夫妻伴的合唱团，纷纷抵达。身后拖着
一双大长腿，酷似从未学会折叠的
乐谱架，一路在浮云中
信手涂鸦。
他们不停地盘旋，仿佛河流不是合适表演的舞台
而夜幕降临也不是开场时间：

降落，试镜表演，

怯场，期盼。蓝色

音符，以四五拍叮咚作响

纷纷溅落在沙洲上，

弧线稍偏，从水面上，

投掷萨克斯男中音——灰色的钓坠

在漫长的水线尽头，甩出去就能钩住黎明的微光

放眼

尽是沙丘鹤痉挛雄辩的舞姿。

风住，光褪，二十万只沙丘鹤

消失于自己稀奇古怪的摇篮曲中，

如果你也在场，我会激动地吻你；

只有沙丘鹤，在纯粹无旋律的夜晚

试镜，调谐完美的音调，

一阵微风吹过，浮动岸边的印第安草。

60.

漫步吊床岭

这可是我的朝圣之地：有时
带着狗走过清晨的
硬叶大教堂。我会放松一下牵狗绳
沿着一条半掩的小径，
脑子里想起教堂浮皮潦草的礼拜仪式，
穿过羊齿蕨和土生覆盆子，三种
桉树，百余种杂草，
兴之所至，漫无目的。

对狗来说，这条小径可是气味的
宝图，主打
粪便，狡兔的窟穴，以及关于泥土的
种种印象。于我，
多数时候，我可理不清这条小径通向何方：

情不自禁，迷失于棕色蝴蝶群中；让尘世生命
浅薄的倒计时的疯狂日程表见鬼去。林中小径

是钟铃和若干种本地种类
幽静的迷宫。每天涉足户外，我期待会邂逅另一个我，
但凡是人，总会具有不止一个自我；回家的路上
靴子被晨露打湿。疲惫的狗。我的身心里——你和我同样
感受吗？——
我是一只绿头蝇：打开两扇窗
看它如何四处飞动，
脱身，直到
根本想不起为什么要飞出去。这就是我的朝圣之地：带
着狗
走在蛙鸣与剥落的树皮中：
看自己能否悠游林下忘情世间。

61.

柔情炸弹

从淋浴下面看上去，
蓝楹树的花朵，自杀式炸弹
袭击者，身着晚装，昨夜
雨中，吹落在天窗上。

我想起你，温柔
希望的暴虐，为爱做出的
牺牲，每个吻是美丽肢体的
一部分，断断续续的堕落。

62.

跳绳儿

——致露西

就是这样：穿蓝睡衣的小姑娘——
两条小腿儿在脚踝处错开，
光着脚儿把冬天重新塑形
厨房地板上的阿拉伯图案，
在一条比蛛网还细的
绳儿上，摇过头顶，然后起跳，
绳儿掠地一刹那，空无一物，地板
在她脚下纤尘不染。抑扬之间
她腾空两次，口中念念有词
童话中的歌谣，漫不经意，
以光速自我训练，成为
一片世上最轻盈的羽毛
古往今来最出色的拳击手，
一边等着她的烤面包片。

选自诗集《从聚集的距离》

63.

初夏韵文

玻璃杯里的静水：隐匿世界找到了一种形式。

我喝着，品尝着空虚，一种比太阳更古老的味道。

地下，蝉鸣十年，地上三日。

64.

昨晚我走出家门

盘腿坐下

在路中央抽烟。

别问我为什么。

已经一点多了

什么都不可能发生，

果真，什么都没有发生。

比如你。

65.
一种死亡

整个上午我都在割草
中午，我把下午分成两半（三半乃至四等分……）
为开始倒计时夜晚的冬天加油。我追逐
我的狗　整天都很开心，
冬天把一切都浸透在其他一切之中，无比珍惜；我游泳
光的潮水溢出，我游来游去；然后
我想，尽到一个父亲的本分，把
所有的希望都像一张大网，抛撒
在梨树下，女儿在黄昏爬上它高高的树冠
像窗帘一样拉下黑夜。

世界无来由，又回来了，
说服了我
我还活着；但距离真正的生活尚远。不啻是一种死亡
我想：回忆一下，我自己，
可曾对任何人有益。
每一天，内心深处——以及周围——还有一个自我；衣服

过去很合身。让我躺在床上，试一试，
一而再，再而三。他们抄起我的笔，写了起来
该写的越写越少。他们回来
像园丁鸟，比如玫瑰知更鸟，脸书帖子和孩子
熟睡；他们像孤独一样安定下来
然后慢慢生火，
所有的永恒都将燃烧。

66.

小露西和树

她从未见过一棵她不需要攀爬

的树。有些东西你必须去看

只能在那里找到你。她需要巨大的肢体，我的姑娘。

父亲的臂膀也许顶用，但没有什么能比得上

一棵树。她明白了，一棵白桦树长大了，会占用一大块
  地盘

（在那里）成就一个花园

一个天空。十年前

今天，每个数字代表她的名字

的一个字母；依旧

在她成长过程中她攀爬过的低垂的枝叶，

依旧比她个子高，她通身沐浴着光

人在高高的树杈上。

我想起我怎么找不到她

在我不得不离开的那天。最后，我听到了她琥珀色的声音

从高处传下来

她出没在枝杈间

此刻爬上白杨树的树冠。“我在教树看东西。”她说。

还有，啊，你就是我的悲伤

的夏天，女儿啊，此时你就像攀及天堂

我多么梦寐以求。

你教会我在生活中重新燃起希望。因了你的榜样

我的森林之心屈服了。

67.

偶遇青春

我的跑步结束得很晚，白天很快就过去了，月亮如此清新，
一想到
记住整个世界就像这样摆在你面前。
它像一个圆球一样忍受着即将来临的黑暗，向我展示，

我也许也能。当我跑出两公里，开始折返，每条腿都感觉
到五十岁
有好多年了。起初，我厌倦了一个世纪，断断续续地
在木麻黄树和橡树之间，在蓝色的牧场和郊区之间，

但这条路自己知道，我听候路的指引。椋鸟开始。
翠鸟住进了靠歌声建立起来的住处。我匆忙转身
遭遇一群狂吠的狗；一路脑子里还在想一句诗行的措辞

和邻里人打招呼，就像我以前那样，他们的一天
开始落幕。我和在篱笆边吃草小母牛
一起低声呻吟。拉佐贝克山脊

两到三亿年前从沉睡中崛起，诞生了星星
此刻，我走到中间的树篱，转过身来，
我突然意识到我不记得自己是谁，全然

不记得。我摸黑往家跑着，月亮跃上天空，
我的生活开始转好，我的岁月
像压舱物一样滑落，悲伤的锚收起，抛下新的爱的绳索。

再次出发，我的年纪太大了，几乎谈不上出发；过了
年轻的起点，重新开始。希望是你挣来的礼物
跟随你的脚步，让你的家人记住你。

68.

云影

云影变换，山，看似一片森林，
天空，晴好，积雨云，呈蓝色闪烁
荒原，清晨秋天的脑海里
唯一的思绪。
我跑步穿过，

移动四肢，叫我的大脑沉静，
满怀希望，快步穿越河上的桥
逸兴高涨，并接受阳光的诱惑
投在这一天。

　　　　　　无花果树上的果蝠
喜不自禁，睡梦中，笑我的事业；
烦恼开始像汗水一样从我身上渗出。
回到家，在房顶坐定
喘口气，
思考：

我的脑子里乌云密布了一千年
情节、速度和痛苦，
但是看看：
日子永远是现在时态；
一切黑暗都有光明的对应物。

69.

四间房子[1]

——致朱迪

（1）

我为孩子们留出一间房，名叫“悲伤”。
扫尽落叶；天气弄脏了，我保洁如新，
房间幽暗，我就添上一盏灯，
我希望孩子们住得亮堂。
我家还有其他房间——我的生命
比那里曾经的话语和时光更大。为父的心是个生物园，大脑也顶半个。
我自忖，这些可都是一笔财富，总有一日，我果真富有了，我就信了。
生命是礼物，活着要学会回馈，才能活得其所。
在孤独中等待，换不来你需要的能量。

① 本诗写作是在 2018 年 11 月参加西昌丝绸之路国际诗歌周期间。——译者注

（2）

一觉醒来，我置身一湖，一山之间。
岁月不居，造山不止，直至葱翠馥郁，
林木繁盛，泸山山麓，
一湖碧水希望有朝一日成为大海——邛海[1]。
飞燕在晨雾中逆风飞翔。人们说，西昌四季如春。
湖岸上枞树林立。昨日，（宾馆内）孔雀将我们唤醒；今天
只有悲伤——
鸟儿把所有的歌歌完了；
确信今日晨光的色彩违和了。

（3）

亲爱的，你如此博学，在你走进我生活前
你是从哪里得知，我有一套的养生诀窍？
先前诗人推崇借酒浇愁；
我以为一哭治百病。
尤其是莫名而难以承受的悲伤
身体需要与其匹配的歌唱。

---

① 前介绍邛海，位于西昌城东南 5 公里处，水域面积 30 平方公里，常年蓄水约 3.2 亿立方米。绿水清澄，盛产鱼虾，是有名的天然渔场和水上运动场。泸山位于邛海之滨，海拔 2317 米，与邛海相对高差 807 米。山峦奇秀，古木参天，是西昌的天然绿色屏障。——译者注

我的悲伤亦然，直到我在床笫之间收拾好了残局，
我打开一扇窗，我爬到窗外。
早上弥漫着松树的清香，令我神清目爽。

（4）

秋日，泸山高耸，春天，泸山苍老。
三日未出声响的山鸟
此时汇成合唱团，幼儿园童子大合唱，
吟诵着这片土地所有的欢乐与苦恼
我们置身其中，与有荣焉。
湖面，燕鸥慵懒的鸣叫声此起彼伏。鹡鸰在干旱时节形成
　的浅水区潜水嬉戏
或在草甸里觅食
我的悲伤忧烦，在丛生的草甸里。

70.

悲伤何为?

悲伤，人生在世，
最难为但必须为的事情。
路途万里之遥。
即使在终点，悲伤不会止息
回到悲伤的起始
重新开始也罢，爱情，生活，悲伤依旧
随影随行，不管怎样，
哪怕我们多么希望没有悲伤。
每一个转折点，
悲伤都会让我们偏离自己的道路
被抛入到生活之外。
我怀念所有曾经的日子
那个女孩承诺未来的所有日子。
我想念那些我愿意为之付出生命的孩子
都是我自己的。
较之悲伤，希望是唯一更为艰难的
工作，我知道。在悲伤的天空　星星闪烁。

71.

蓝色牧场

天空，云的牧场，晨光
在采食，马上就要下雨了。

草地上，坐着三匹马，两匹马
站着，就这样。大部分工作

做着做着，做完了，有些小事
你也可以做。往前，就是拉佐拜客山脊

一个更古老、更暴力的秩序，被削弱了吗？
时间的仁慈和磨砺的耐心，方式

事物走向完美。我们做完了
还没有开始之前，但我们还是开始了。三个黑色

凤头鹦鹉，职业吊丧者
飞过领地，低飞，

冬天的田野里，它们还醒着，黎明
不知不觉，降临。像任何人类一样

心一旦学会爱，即使
它无法承受的失去，等待的喜悦。

72.

无题

你的灵魂是
七匹山坡上吃草的马
在冬雨里。

春天的樱桃树
下雨了。午夜在路上。时间
赶上并超越我们所有人。

雀稗上的霜冻
苍鹭出没的地方：冬天
在山脚下。

73.
驱车沿路所见

在红瓶刷子树里，食蜜鸟；
沿路，匆匆飞过。
蓝鹣莺的鸣叫，如逝去的日子，
我失去的一切都随着黄昏回家。
我默默地坐在办公桌前，
在城里待了若干日子，哭泣。

74.

第一个寒夜

——致露西、丹及亨利

第一个寒夜

一切都被掠夺，背叛，出卖，死神的黑翼刮着空气，

痛苦啃噬骨头。那我们为什么不绝望呢？

——安娜·阿赫玛托娃

四月中旬之后，今年第一个寒夜，

在遥远的北方静谧的空气中，炉火尚未熄就，

持续发出低沉的叹息。

黑夜如磬，大地一片混沌

万物喑哑。

失落渐成期待、悲伤

转为感激。夜深十一点，斜倚在

我的汽车上，回首向我的屋子张望，

灯光下，我茫然枯坐消磨时光

各色各样的图书、计划和魔鬼包围着我。
平日火车呼啸而过，今晚全无踪影
唯天际群星凝滞不前；

天穹坠落凡间，累及
我门前的蔷薇。
一轮新月负载微弱的希望

遥远的西山上，
在那里，女儿周六玩得尽兴
将楼上的阳台弄得一片狼藉，

孩子留下的凌乱阳台依旧，今夜
她留下的那一片狼藉，她洒下的胶水，
和金粉，伴我枯坐。

记忆自我修补，碎碗似的我
让我在她的手中重拾完整。让
我再度愈合重新前行，带着我们

再一次欢聚的伤疤，在今夜单纯的温存里前行如同学习新知。

我的猫也叫萨福，平静，心知肚明

诗人的伤心处，她探头向窗外张望，

瞳孔放光，纳闷主人为何，

在今年第一个寒夜里，伫立如此之久

空虚感袭来，

入睡后，重被填满，但在入睡之前

空虚依旧纠缠不放，世界充斥着毒气

毒气也提供照明，世道不彰

让我吃尽苦头，然而今夜驯良，

生命值得的爱驻满人间。

75.

黎明第一束光

——致艾伦·霍利和阿米莉亚·琼斯

开始了：第一朵白色的花，就像第一颗星星
黄昏时分，低垂。花朵串住下面

的分支。这棵树的其余部分——母鸡窝旁边的一棵李子树
靠着菜地，菜地里的嫩苗

开始生长，靠近粪堆，失去
也变成了新芽萌生之地。但是此时肉眼不及

然而；这一天还没有到来。每年
春天在冬天打烊之前就开始了。而这些

六七朵花开得像手，像脸
你爱过的人，就像你自己的童年

那些日子，努力取悦这个

很难取悦的世界，扮美

你自己也无从把握是否恰到好处。你能感觉到：
画风骤变。悲伤把黑暗燃出了窟窿。

76.

内部森林

——致哈比尔

里面是一片森林；还有
一个花园，一扇窗户敞开
面向花园。一只蓝鸲鹟
不喜欢窗户的存在
世界上多数早晨。
我心里另有一片天地，黎明
我周遭的世界也同时破晓。我的爱
在我身旁，醒来，
我在至爱心中醒来
在那之前，
我就是蓝鸲鹟厌恶的一扇窗户，
不得不一起度过每一个黎明
蓝鸲鹟灵动不为人知的说唱。

77.

耘田白鹭

一天快要结束的时候，我目睹一只白鹭
落在一块耘地上　土地
浅浅的天空。她落下的地方，大地被冲刷，一个灵魂
像口袋一样，翻了个底朝天，白鹭在黑色的垄沟
走动，给垄沟记谱，发出一个明亮的音符。

在我看来，她不是在记谱，而是在
犁沟中搜寻音符
即使有所收获，一个临时的符号
抹去自己，写下自己，默默地唱回大地
放进一只鸟的肚子里，一种反面的
遐想，唤醒黎明的黑暗
一切又回到了起点。鸟儿随意跳起华尔兹舞
沿着没有围墙的街道——这道小小的
夜晚的音乐，这些白色的音符将一天连根拔起
在夜晚出叶开花

直到更加暗黑的音乐，白日
休假，在这里膨胀，鸟儿消失，以她自己的预测
被吞噬。她让黑暗变得更加黑暗
绕着她挖的洞，开着百叶窗
田野回到河边。

选自诗集《蓝鹟鹟诗章》

78.

彩排

八点，风吹散了夜晚的乌云
风还在吹。
早上在斜坡上的再生中完成工作。

天空是鹪鹩的额头；微风起，
尾巴扇动。
洪泛区围场上的安格斯也在同一个地方

我昨晚把它们留下了。但有人改变了东部的灰色
再靠近一点
去小溪边。房子后面山坡上的森林

是喋喋不休和粗俗的鸟语戏谑的乐池吗?
之前
乐队指挥示意。没有两只鸟获得相同的分数。也没有什么人

在乎，直到苍鹭很晚才飞进来——她的喉咙哽住了

一串音符

河边的砂砾，她的心就在河边。黄昏的河

79.

致露西

河流是我已戒掉的习惯
像淤泥。两年了，我都不曾
来过，眼前依旧是粗糙的棕色
祭坛布　自我洗净，但河流两岸都长大了
遍植桉树。两只灰袋鼠在岸边觅食，吓了一跳
扭身，拔腿就跑（如果袋鼠能跑的话）
当我步出桉树丛，我是浮现的记忆；我是
另一个生命和时间。

河对岸稍远，一棵伐倒的白杨树上，
一只鸬鹚垂下眼睛
盯着河流，等待。没有鸟儿歌唱；没有鱼浮上水面；没有
　什么
似乎想要打破此时此刻的涟漪。河流的平静
黄昏时，一点也不像你想象的那样平静。天空在上面
例如，画草图，灵巧的手势，
然后她把它们洗掉

你把一双脚伸入小溪，

月亮咬下了脚趾的指甲

触到指甲上的肉。起身。现在，该喂小马驹胡萝卜了

在田野里，我的女儿穿过树林向我走来

握着我的手，静静地

这条河呈粗棕色

祭坛布，落在自己的脚下；依然是河流

是我无法摆脱的习惯。

80.

光年

——和詹姆斯·索尔特同名诗作

人生就像一件衣服。
美在外面，温暖在里面。

——詹姆斯·索尔特《光年》

秋天的一个下午，微风拂面，
就像你肯定忽略了的东西，
提起下摆，让它自然落下。那一刻可能是人工制品，
否则。完美的东西。神
在日光的壁炉上。乌鸦飞过，

在四月下旬令人陶醉的寂静中，
后悔一切
为我们所有的人。群鸟轮流
像沉默发出咒语，反而加深沉默，使之蔓延。两只白鹭在闪着银光的
溪流中捕鱼。风随白鹭一举一动

起落，

整个下午都在恶意出价。

不过，下午的事不关任何人

只是它自己的事。它让创伤消失；这条河

收拾残局，继续前行。牛群

仗着数量，坚守阵地，让小草安静下来，恢复

祝它好运。在河岸上，

山楂投下阴影

像一件衣服，

她坐在那里给孩子们读诗:《风》，不太可能，该是《柳林里》。

狗仔细搜寻可能的麻烦点；她发现

相反，他的脚，满足于这些。他把这些都拿走了

他仿佛想起了这件事，又埋头看书：人生在世，

他继续读书，夫复何求？阳光映在水面上，

秋天一路投下的影子

回到春天。

81.

盗贼之家

——致亨利

我和一群盗贼同住一个屋檐下。
他们夺走我手中的烤吐司。
窃取我的时间，早晨，
和夜晚。惦记我最珍贵的东西，
最不值钱的，也不放过。

我终于意识到自己不得安生，
近乎不名一文。
但我就是我
无意成为任何其他人。一个被洗劫的人，
却因此因祸得福，
我成了爱的恶棍的港湾。

82.

雕塑花园

雕塑花园里展出所有的雕塑中
我最喜欢的
就是花园本身。我喜欢园中的各式灯具；
我喜欢
木麻黄树，树胶，不合
所有的理论，
比时尚年轻，比艺术古老；我喜欢
鹘鹈，
轻松背负天空
飞向地面的草丛

甚至让罗丹当地市民都觉得
罗丹的观念
固化在时间里；我喜欢院子背后的山
永恒准备出击；
我喜欢风掠过湖面，一如深潜语言之中
的寂静；

我喜欢你，朝我走来

穿过雾，一个雕塑

某种美之物，慢慢

变成现实。

83.
绿松石货币

世界的价值是什么？

——蒂姆·利尔本《重返花园》

今早我抓住了早上的小跟班

——杰拉德·曼利·霍普金斯《温德霍威尔》

你觉得现在这个世界值多少钱？
远观，一只美元鸟不值一瞥：
门柱上的一只八哥。但后来，一飞起来
才知道这可是游隼级别。诗歌从来没有
这般牛：孤独从未传播得如此之快。它翅膀斜倾
两只袖子上廉价地印着她的心的图案，
周身，头顶猩红，尾羽呈青金石色调，
在绿松石和森林线之间巡弋，然后奋力向后
拉起操纵杆，喙上沾满昆虫，飞走，
好像整个世界不过是一个廉价杂货铺
周六下午转转。但是这个世界，其实，

还有一万件昂贵的物品，上天未能标价。

美元鸟，一次半珍贵的纵跃，讨价还价

两件物品，只出一份钱，然后抄起两件，分毫未出，飞走。

84.
葵花凤头鹦鹉的十四行诗

我们感觉并体验到我们是永恒的。

——斯宾诺莎《伦理学》第五部分

这只白色的葵花凤头鹦鹉高踞在榆树树冠之上，真是个好主意
比任何鸟类吃到更多的虫子；也比她的名字所暗示的

更聪明。她是一面屈从性爱的旗帜，
在六月中旬爆发。在她身后，整个天空都是一个幽灵，蜷缩着身子

藏在著名的灰色雨衣里，彩虹像一个古老的笑话一样悬挂着
从他的口袋里。黄昏在卤素的潮水中膨胀，缠绕树木；

你，在你的窗口，这只鹦鹉的全部观众，她知道。
她从树冠飞下来，向你飞去，好像她不是故意

失焦，直到离玻璃只有几米远，她歇斯底里地飞离，
一切依照剧本，照做。世界在错过目标时，

运转得最好。好的想法会涌向你，但永远不会真正到达，留下
怀疑的余地和提问的时间。生活在如许状态就是生活在爱中：欲望，

在尝试中变得聪明，从事物的外观飞向事物的本质
也许是这样，你的身体失足，肉体变成了灵魂。

85.

蔚蓝翠鸟的来世

没有什么能像世界上最蓝的鸟
一样长时间静止不动。虽说成对成双
他们一生都是独自过活
在同一婚姻的两岸
溪水，静止数小时，生命已逝，
很大程度上是等待，缓慢的生活
也许，做得有点过头了。

但是这么努力
在生命的静止中
为了获得更多的行动自由
死后多了几个选择不是吗？
比这只小鸟，
一幅静物画
在靛蓝色的来世中停滞不前。

86.

俳句：紫藤蔓生

紫藤的蓝色影子浮动
翻开我的书：
一首完美的俳句——直到我试着把它变成一首。美是如何
永恒开口，总是瞬息之间。但你必须完成
不断学习如何学会掩饰

如此温柔，近乎优雅。夏天已经回家了
度假，天空就是海边的挡风板小屋。
乌云发誓
然后把它们装在白色纸袋里带回来。
真相每时每刻都在说谎（在某个地方）
在影子和花之间。

87.

一生只能做好一件事

蜻蜓在空中翻飞和旋转，
第二次割草。
一团等离子的影子从木麻黄泄出；
太阳主宰一切。我探进大楼
十一月中旬一个炎热的早晨，

听到夏天的第一声蝉鸣，
一只花斑屠夫鸟嘴里的响板。
停止。风又起了。没有这样的运气，
手头的证据表明，对我们其他人来说。
一生只能做好一件事[①]，足矣。
就此开始。当下。

① “一生只能做好一件事”：语出亨利·大卫·梭罗。临终前牧师要他告解，赦免其罪过，给他一个通往天堂的机会。——作者注

88.

青蛙夜曲

你一生都不明白
你可能会是另一个人
你一直都在场，到处都是。秋天的最后一个月亮
拉起床单盖住她的头。在你身边，

书房投下的光线中，你的影子
抽上最后一根烟。在发洪水的围场里
青蛙大声吟诵，免费使用你最好的诗。起风了
走到夜色中——穿得太少了
试图把天上的星星摇下来。

89.

但是你是否曾经

——致露西

你是否曾感觉到
自己更像是一个幸福的
物种，潮汐的居住者，蚝群中的捕蚝者，
比你那天晚些时候站在回流里，
高高举起小女儿
她的哭声是一种清朗的、滔滔不绝的天气

一路轰鸣着飞出海面，低低地飞过阳光陶醉的海浪
就像笑声一样
还会来吗？ 没有任何涨潮的两个音节，表征同样的海况；
每一个波浪都是瞬间思想的结晶，每一次膨胀都是一种叙述
你的一生，还有孩子的一生
一个玩笑，
永不停息。

选自诗集《火灾记事》

90.

火海

我一直在读但丁
每晚一个章节。逐行，
不时圈下不明就里处

精读，深入《神曲》
肌理。艰难的道路
三行诗体　连环韵

一点都不好玩。
有些晚上我拖拖拉拉。地狱，
我咆哮道，我们又来了。

在我身边，我的爱人
已经入睡了。为什么不呢，我也这样想
直接跳进天堂？

91.

白杨树

何物在夏天充作妓院，冬天
化为赤裸裸的
回纹装饰。一个脱离肉体快乐的建筑。

不会影响白色凤头鹦鹉，他们在空中盘旋，
噪声劲爆的合唱，
像我一样，困在下午发霉的帐篷里，

他们本应该现身，很远很远的东边。
在这里闹作一团
像是说他们在那里很享受自由的时光

但据我所知，他们饥肠辘辘
野苹果
深红色，在滴水的水龙头外面。还有火

在我身后，正努力说服所有人

任何东西

不要想得太多。如温暖。但事实就是这样：

你要做的就是放弃希望。在

河滩上

鸟儿们找到了它们喜欢的东西

从他们的眼神，看得出他们动静

在绿色的

田野上，就像游乐场上飘扬的印有各种花纹的彩纸

风，棕色的马在茶色饲料，

中打滚

一百只鸟飞了起来，仿佛这就是征兆

他们一直在等待的。他们吵吵闹闹地四散开来

声带

冬天的引导绳。这些只是例子

我永远都不知道自己的事。

而且从不

需要。但我在温暖中振作起来，开始行动。

92.

木材的来世

——致亨利

闻起来像蜂蜜
男孩说
打开门
吸入
一台炉子吐出
的气息。

这些木块
我点燃了。
伐木被赎回
然后被锯倒
再一次。变成废柴，
受火刑的圣人。

虽然闻起来
像下午茶

一个饥饿的男孩，

闻起来像甜点

从今以后于我，晚了

冬天的一天。

93.

因果关系

——致亨利和丹

（1）

万物诞生之前，是一片火海；在有人类之前
任何人，闪电划过天堂
砸向地球。黑暗中，我紧抱儿子
此时大雨倾盆，我用另一只手按着

（2）

遥控器，天空裂开，是一道钨丝，在我们身边的空气中
　闪烁。
在生命出现之前，
曾经有这样的杀戮场。
在下雨之前，有一场永恒的风暴。然后有一天

（3）

世界启动了，我们——长话短说——开始了。我们来自天空，彼时世界还很年轻。

但今晚这个世界非常古老

湿淋淋的，我带着儿子逃命。

94.

破产

五个孩子和三四个昂贵的习惯
其中之一是生活，余下是寻找
填满人生的方式——还有你，我的爱人，这一切我要用诗歌和希望
来换取。我的生活在倒退
应该，就像圣人那样，那些神圣的傻瓜
在冷山上失意遭贬，然后

慢慢地，失却所有流于浅表的信念，
以及安贫乐道的美德。最后，踏上回家的路。
我当过律师，后来经商。现在我在体验

贫困和空虚；我抛出一股线去抓牢世界，而
在山上，我的家人紧巴巴过活。
那么，我该是使我的家庭受穷，还是使我的灵魂挨饿？如何

我能和我爱的人一起生活，而不至于拮据？

而且不会失去它们？在我找到更好的问题之前，

我还会继续从事计量经济学事业，不失优雅。

95.
城市牧歌

（1）

中年某一日，我坐在一个角落里喝酒。偷听
邻桌几个女孩子说话，边玩手机，网上购物
以及某段感情的抽象细节，
大屏幕上播放着足球比赛。
我假意喝着啤酒，以防女孩子知道有人在偷听。
但这无法确定。我一生都像一个失母的孩子，走在回家的路上。

（2）

见证是一场孤独的游戏。我无言以对
回到房间，我就像一个唱歌的碗，
空虚但无法停止歌唱。
你有九种痛苦，我的朋友；你知道
二十七种绝望。你可爱的头发已经脱落。

窗前的月亮，是一颗生锈的子弹，堕落时被俘获。

（3）

世界是别人的牡蛎，一个比喻
我永远也不可能撬得开。
今晚我只适合
让黑夜过去，
我身后的世界渐渐枯竭，我的朋友打得漂亮
就像上帝手中钓起的鳟鱼。白痴仍在掌权。但它们会保留。

96.

八月六行诗

——本诗受到日本无名圣贤的启发

在冬日围场午后的水池下面，
棕色的母牛迎着南风，
夕阳洒在榆树的枝干上，巨大的古老的龙门架，
还有一只黄尾黑凤头鹦鹉，懒洋洋地躺在里面
杰尼亚大衣上也印着同样的蓝色标语
整个下午
同样冷静忧郁的方式
天空从中午就开始排练了。
此刻是周五的四点四十八分，我的人生过半，而这就是
我的全部收获，明白了——其中属于我的没有一件；我只
剩下爱了。
这便是单相思一场灵魂的风景。

97.

午夜时分，离家很远处

猫头鹰啼叫，犬吠和蛙鸣
午夜，池塘在颤抖。
风在花园里扎营了
还有毁了整个下午的冰雹
感觉就像一场不良少年的游行
比之有过之。天空是一片黑色的田野

之后的战斗。死人都躲在上面
目力可及——不是在我们上面那么高
在前面，他们已经布置好了营火
用梵语和波斯语。粗俗而细腻
夜曲他们肯定没人能破译了。
花园是一个小岛

停泊在海岸不远，城郊铺展起伏
似大海。在岛上，风沉睡的地方，
而我做不到，池塘里的蛙鸣

好似给迟迟入睡的发出的莫尔斯电码，
睡梦中一条鲤鱼，和着电码的节奏，
还在游动，也许已经年迈，整晚都放慢速度。

98.

夜雨；早晨的鹦鹉

我从睡梦中醒来，就像走出一段婚姻。
我的孤独要美丽得多
比我强，所以我走出去，站在甲板上，试图配得上它。我
　吸入
天空整晚在花园里呼出的空气：
下雨，雨停，接着下雨
又一次。现在它说阳光照桃花心木
的双鱼座的叶片上。但它只说了一次。
一只鹦鹉从糖桉树的冰冻框架中快速前进
两个星系形成并慢慢萎缩
在池塘下面缓慢的绿色思绪里。

99.

心中没有特别的目标

夜晚，我坐在小屋外，空气凛冽如河中石。真理
就是，灵魂宁取神圣的混乱，舍去整洁的骗局。那又怎样？
灵魂总比我聪明。一颗星星像高速公路上的汽车一样横冲
　直撞

撞到护栏爆开了。就是这样。一个人稳稳地跑过八圈
或九圈天路，几亿次或更多，缓慢而又
辉煌却注定失败。美丽的。然后繁荣。就是这样。你至今
　的生活：

一道闪光，像偏头痛一样，划过黑夜的视网膜。而你却坐
　在那里
在不可思议的台阶上，一如既往试图弄清一切。就让大脑
　歇息，
你认为；大脑属于众星。属于天气，

属于石头的精神病理学。让它像河水一样流淌吧

午后徜徉在孩子们的足下，清冷，充足
就其本身。接下来会有一个河湾，一个瀑水，但不必着急。

让思想像你之前抓到的狐狸，用嘴，从外卖来的比萨包装盒子里，往外掏，
黑暗中的门廊：饿着肚子，但不要太饿。看到盒子，
就能猜出盛着什么礼物。取出礼物，但把盒子留下。转过身，别撒腿跑。

选自诗集《所知集》

100.

也许

每个人生是书，在其（杜威十进制）书号被叫到时——朗声
出借，或者有时，在敬畏或阴郁的沉默中，
被孩子遗忘在雨里——大限已到时归还

浩瀚的灵魂图书馆。那么，这也许是我，在桌上摊开到
110页
而读者正面临阅读
困难。下午是别人的妻，藏红花，塞姆汀炸药，光影

吊扇下性爱的回忆；她是文盲灌木林硬叶的清芬，
万物终结的开始——
一片碎屑，如蓝蛾，飞过我的书页，如此这般

翻动，从悠悠岁月抽出缕缕时间。光
空洞易燃；草
死亡或濒临死亡；地面坚硬如赫拉的心。而这会儿
我女儿，

头发是凌乱的床，捧着心，顺着通往工作棚的小径，

从阴间返回。她含泪走来

让我知道，在我的，或者她的故事里，我都不是英雄。我就是故事，

借自永恒。于是我——或某人——标出我的位置，然后将她抱起，

拥着她，直到情节柳暗花明。然而

每本书，之前在架上存在多久？之后又等待多久？

101.

温格卡雷比田园诗

(1)

我女儿，不满一岁，
　　　　　　　爬到我椅子上，抓起我的笔
还试图偷走我写作用的笔记本。这可能是个比喻；
谁知道呢？我儿子，刚洗了澡，赤身露体，
穿进我的靴子。这可能又是比喻，希望不是。坐在
纷扰生活的角落里，我想继续写作，直到笔尽为止。

(2)

我以写作声探世界
　　　　　　　并于其中尝试自己浅薄的
句法。满月。凌晨两点，清醒，步入夜间院子里
高雅的贫穷。如果是白天，你会说天很黑；
但事实并非如此。风是年轻的神祇刚刚替补出场，而夜晚
无所不知。原始的世界：谁都不该在沉睡中错过。

（3）

住在这样的地方真好：寒冷的早晨
泥沟结冰了
困在里面的落叶看上去像死人的脸。
夜间一只母鸡被叼走了。
乌鸦在工作棚外杨树的残枝上三次啼鸣。
我用靴跟试探冰层。纹裂，云翳，现实破冰而入。

（4）

第三个晚上，黄色无瑕的
月亮悬浮在
棕色的风和天际萎靡散漫的云团上，
冬日的牧场停止了祈祷。
礼拜天晚上总是如此。邻家的黑狗趴在
我家门槛上。没人完成了上周，也没人为下周准备好。

（5）

与人相伴，这些日子里，我格外孤单；
孤单的时候，乐于交际，
介入每段正在进行的交谈。在家人中间我缄默

如雨后牧场里的水坝。五匹马选择
日落前五分钟轻驰于温格卡雷比
沼泽上方的山脊，一场皮影戏，世界灵魂的游艺。

（6）

我渴望智慧的
　　　化身，在这儿或这儿附近。
我想了解我日日步入其想法的头脑——这条
意识流，从不重复第二次的河流。我渴望
叙说岁月的方言语法。淡紫色的云自西向东
漂移。尖嘴食蜜鸟四处散播短语。这儿确实有灵气。

（7）

今天的风这么大你发誓
　　　　　　　这是八月。这么温暖你就叫它春天，
风从沙漠走来。此地，难以成为一个人归属的
全部世界。或此时，基于同样道理。当前
是破碎的过去和未来疯狂的马赛克。用
鸟的歌声拼成，上百个纪元的痕量元素。以及自我。

（8）

今天万物

　　　　皆动。河，鸟，原子以及门外

柴垛里的等足虫。记忆。捕食。冬眠。这个地方

以八分音符和休止符一遍又一遍地谱写自己。

南窗外的桦树是清晨的打击乐。光碟唱机播放的

单旋律圣歌是我所能企及的最平静的境界。

（9）

风停了，蓝鸲鹟

　　　　　　　身着套头工装重整树篱。

现在她们在门前，指出我每天早晨错过的美丽。

工作棚与冬天同谋；寒冷的日光看透

草地。站在梨树中间，我注意到玫瑰鹦鹉

落在母鸡的食槽，而食蜜鸟在捡残渣。大自然什么都不浪费，只除了时间。

（10）

有时夜里神来到我的工作棚

　　　　　　　　　　宽衣坐在窗前

模特儿们曾弄姿的蓝椅。他从不拴门，

当他拂袖而出，世界飘然而入，早晨这里一片
狼藉。必死的命运是我们为形式付出的代价，而我觉得神
　喜欢坐在
那么多女人坐过的地方，显身，反思自己为什么会把价定
　得那么高。

102.

世界的消息

——仿格里高里·奥尔

我的头顶正上方
一月中旬薄暮下
一对森林小蝙蝠
为爱人的美身正
量体裁衣。在海地
十万血肉之躯在
废墟瓦砾中流血；
只有水槽沟还在
运行。在卧龙甘比
男孩躺在岩架下
地层里，陷入水性
杨花的一线天。在
黄房子黄光线里，
我女儿，不及阅读
年龄，以瑜伽大师
之势坐在厨台上，

对她的哥哥喊道：
看，我在祈祷。不对，
他说，无视新潮的
口号；你在练功夫。

正是世界的黄昏；
高处复式天堂里
靠近顶楼的房间，
水星终于又找到
正确的起床方向。
但迟了一两个月。
下一层到天秤座，
土星在摇头叹息。
金星穿着长睡衣
遥望我家的夕阳
西下和新月初升。
我想你种在我们
卧室外面的玫瑰
对此定一无所知，
午后韬光的微雨
挂在她们黝黑的
四肢上仿若汗水
红唇上仿若泪滴。

新闻报道又一艘
难民船到岸以及
一条河流濒死，而
不可抵赖的银行
再一次从后代的
储蓄盒里偷窃。我
把孩子们叫出来
观看蝙蝠从情人
喘息般润湿的夜
掏走寂静。人们会
忘记，世界对自己
还没有打定主意。
她尝试不同造型。
你要么死等，要么
即刻死去，或尝尝
蝙蝠们吃的东西。
你可以全不在意，
却死得那么美丽。

万物皆死。无物死：
我们被困于她的
故事。她不是天生

悲悯，但似乎喜欢
吸引我们的注意。
毫无道理；只剩下
无人生还的故事。

我的头顶正上方
一月中旬薄暮下
一对森林小蝙蝠
为爱人在海地的
美身正量体裁衣。

103.

火灾记事

烈火洗礼沉睡的群山，他在废墟中醒来。
工作台上
灰飞烟灭；六层楼高的书柜土崩瓦解，

成为水泥地上的一堆，其间摊开着诗歌
破碎的肢体，流淌着
参考书词汇的灵魂。而他，是浩劫后的火场。

他觉得，大自然有狂躁抑郁精神病，随年龄增长恶化。她
有时
狂躁，高热四十多度
赤身裸奔，燃烧着各种念头，掠过

山麓。接下来，她落落寡欢，从长发下注视着
自己造成的残局
不知如何是好。一连几天泪如雨下。

试想，一个人是否可能像森林一样哀悼？像现在只剩
铁皮屋顶的房子？
因为这就是他在这乌青早晨的心情，虽然他还

不配悲伤。他只是倦怠风险——美的
阴暗面。烈火是我们
所有人的疯狂。有了它，定期地，他将所有的梦想和安全

付之一炬，重新开始。当未来降临，如果她终于降临，
他知道，她会说
一种崭新的语言，其中意味爱的一个词是火，

另一个词是雨，而他将默然沉睡于两者之间的黑色领域。

104.

与艾米莉在花园中

——致格温·福特

一个寂寞的空间
一片辽远的海洋
一种孤独的死亡，但这些
纷繁交织应与
一处更深邃的所在相比
那被灵魂自身认知的
极度的隐秘
有终的无极。

——艾米莉·狄金森，1695

清晨是灵魂对自身的认知，
房间是完美的窗帘：我坐在
窗前，既不入世也不出世
看雨落入隐士般的宁静
以及鸟儿钻出灌木丛
仿佛日光穿透黑暗，仿佛敲钟人

之于沉默：预示着自身以及
我们所有的自我，永恒剥落的油漆，
飞回家修饰天气。

低枝上赤褐扇尾莺一转身
一转念，亮出它的尾羽好像赌徒
展示一手纸牌——除了利落什么都不透露。
雨彻夜不眠；仍连绵不断，而河水漫出
两岸。可见夜里条件一定艰难，
但鸟儿和他的配偶，天真地
相信现在是受孕时间。鸟儿可以做到，
但你告诉我神如何能在雨中
焚烧如此温柔的激情并且

四肢并用左右搪塞，仿佛
台上黑暗中的舞者？一个女人，
一个男人到底该怎么办？除非这会儿在外头
就是我们俩。无论如何，雨淅淅沥沥，里尔克
持牌而去，而贯穿整个下午的是
艾米莉·狄金森在我耳边回响，然后黑暗
消逝，室外真实世界的
另一场人生，掌灯，齐刷刷
砍掉邻家红榆的树冠。

这天的结束是顿悟，反复思量
直到夜鸟厌倦，孩子们来
问晚饭吃什么。但我跟艾米莉在这儿
多坐会儿，因为传来一位朋友逝去的消息。
希望她抵达某个终极但无穷之处——就像她
埃尔特姆的花园，观察是她每天的修行
而作为生活方式可能就是永生，谁知道呢。
另一位曾在死亡线上煎熬的朋友告诉我
（得承认，也是诗人），死亡的瞬间，

是一场挣扎和激光表演（有点儿像我的一天），
最后是和，看不到完。但现在夜幕降临——
在此期间我们逐渐习惯黑暗——
鸟儿飞翔于几星期以来的第一个晚晴。
黄昏是一个寂寞的空间，半月孤悬，
对冲我们所有的赌注。走出日子和我整天单独相处
共同参悟的神圣疯狂的哲理；
把死去的朋友留在连词另一边
鸟儿的歌声中间，然后坐下来，在温馨的极限中，吃晚饭。

105.

猫头鹰

这些一月的晚上，我喜欢深夜出去走走，
将形形色色的自我收拢
　　　　　　　再把其他的人生——
第一个，第二个，和其后一个——
送上床。十一点后，
　　　　世界的运行减缓到光速
以内，让我跟上脚步。
　　　　　　　我是路上最后一辆车，

结束了一场差强人意的
约会，逶迟而归，
　　　　　　　　意兴萧索。
今晚，群星垂着细雨，
在夜空蹒跚，像我在地面
　　　　　　　踉跄，在满足与
不满之间慢舞，
　　　　而两只猛鸮猫头鹰，

隐身在浪花间，从黑暗的岸边
朝我的方向甩线。她们以新月为钩
　　　　　　　　　　　　　　飞蝇钓夜。
没有诱饵可言，我也不上钩。
智慧围着我的头打转。却无法入门。
　　　　　　　　　　　　　　而我甘愿以几乎所有
已知与鸟儿所知的未知交换。

106.
袋熊韦陀经

（1）

第一晚，坐在门廊，从碗里
吃米饭；袋熊我在脚下
发情骚动，打喷嚏，巴赫的音乐在身后播放，鸫鸟再次
从河边飞来，朗声地，什么都不告诉我。又来了一只袋熊，
超重的见习神祇，坐在
黑暗中放声嚼草，像吃玉米片。
我们吵架了，你和我，在我临走的时候。我一路开车到这
里仿佛
回到久远的自我封闭的童年。但现在，行李已经打开，
炉火正旺，四分之三的月亮
从暗黑的山丘后冉冉升起，孤寂变得修长，舒展在我身旁，
而夜晚，是满袋的星光。

（2）

将近十点的时候我走出来，夜晚有股牛屎的味道。
十二点，她还在那儿，每个毛孔偾张：爱人，
她还在等待。得承认她闻起来不太好，但看着还不错。

天空转晴，透过薄云，月亮西行。
河对岸的山脊上，卡车眨着红尾灯——她爱我，
她不爱我——挂挡上坡，沿路开出

山谷。在众多的我们称之为星星的太阳中有一颗
从十亿年前眨回眼睛。她爱过我，她没爱过我，她爱过
　我吗？
从窗口望见锯齿状山脊上，有一座大房子。

星期六晚上灯火通明，大房子把陡坡变成小孩子
山中之王大厅的纸制模型，其中
有一位公主，她爱我，她不爱我，她爱……

（3）

书房的窗口框着我梦寐以求的诗篇：苍白的太阳
　　　　　　　　　　　照耀短茬草场，河麻黄

在河边重演两三出高明的剧目，一对迎燕，在我的睡眠中

磕磕绊绊地做窝的夫妇，坐在铁丝围栏中好像
　　　　　　　　　　　　　　　十六分音符，而不远处
林木茂盛的山脊，是整排下岗的砂岩神祇。黄色知更鸟

落在锈蚀的拖拉机轮子上：用多长时间
　　　　　　　　　　　　　　　都行，他说，还鞠躬敬礼。
这儿，用我的吧。然后阵阵西风劲吹，让你无法忘记

她的心已碎，她说，这儿，带上我的——
　　　　　　　　　　　　　　　　你留下的那一半。而我带着它
步出窗棂，步向河畔，步入万物的忧伤。

（4）

我在这儿写一种生态忏悔录，
　　　　　　　　　　　　　　　　　你可一个字儿都不要信。
这种写作不是为了吐露真言；而是一条
　　　　　　　　　　　　　　　走出渺小孤立的自身的途径。一段
终止，并在远处（再次）开启的旅程。这些诗行是我入世
　之路——
离弃后回归自我——以铅笔和语言

重整旗鼓，而它们的真谛是其行进的
过程，而非出发的起点。但毋庸置疑：河流转弯处，
河面升起的陡坡，是爱恋具象的体现。

她是女身的卧佛——
看，她凹陷的腰，
你多想把手放在那儿，以及修长的慢慢隆起的胯，你想
接下来抚摸——而她躺在那儿，间或忘情
已经三亿年，把永恒睡醒。
将你的灵魂投得足够远，你能感到
她的头如何就是你自己的头
枕着自己的小手。别在意
她唇上桉树林

百年的增生，以及大腿间的人造林；也别在意她眉梢
霍克斯伯里砂岩的麻痕。你会希望你也这么好看
如果你已经在这儿这么久，
这么多东西需要忘掉，这么多事情不去计较。
这些念头迅速闪过心头，
而我又闪过一辆西来的干草车，在黄昏时分从河边
归来。转过风头，我在镁光灯的闪亮中定格，月亮，
一个没有思想的思维泡，
白炽着二手的沉默，在沉睡的女神脚趾间冉冉上升。

铁丝围栏乱弹着夕阳东；袋熊，

毛茸茸的被地质时期驯化了的小型

庞然大物，随声低唱，一嘴的草，唱跑了调。

树林像斗鸡人群般狂野，

而我带着河回到火边，似想非想，

金合欢的花朵如何沿高水位线散落仿若残留的水痕，

无人涉足的天河，未曾启齿的祷告，在一天结束时

我涉泥晚祷的脚灯。以及傍晚如何把整个天空倒入河中，

一时间，比星星还要闪亮。

（5）

不过，我错派了我的女神：那陡坡是妙音天女，

躺着，疯疯癫癫。她跑到这儿来了，

用她南方的名字。因为此地能言善辩，学识渊博。体态玲珑，文笔流畅，

神采飞扬。我的名字是车队，月亮是她的灯笼；

她的河弯是我的宿营地。

词汇是天气，一部分是我的。但不会长久。语言是一种行为和事物，

心情音乐或布道辞，不稳定；转瞬即逝又生生不息：如晨风

暮雨，岩石峭壁的句法，以及黎明当口

蛙口夜鹰的唵声。

（6）

然而今夜外面凌晨三点，

你不得不承认这一幕写得过了。

伊麻黄揪乱了妙音天女的头发，而屋后的桉树林

是卡塔卡利舞团醉意醺醺。顺着河，

连流动的女神也颤悠

低吟——除非这是月光和风的戏法。

但是，你看：这是八月，还是那个任性的世界，

她会打破每个风格的规则，

只要她自己高兴。

（7）

半打边缘在我坐着思考的地方

交会：海岸，河流，过去，田园，

现在，砂岩高地，残留的雨林。通过耳朵，动物行为学

和猜测，我在八月风中，在四五天内列出四十五种鸟的名目。

但问题不在于数；

问题在于鸟。她们一直在那里守望

（虚无），声探身外万物，占卜时间，从其伊始。鸟儿

是毗湿奴——或当他厌倦时，一位会说方言圣语的

女神——采用的形式和数字来撰写他们自己缓慢的生态
忏悔录，以及教授他们冗长的物群转化学
和明智的超道德爱情高级班，从大爆炸的一月开始。还记
得吗？
你不去找鸟儿；她们找你。你不去找神祇；
他们在你心安理得的时候将你捕捉。
一切就绪，他们把你吟诵开，
说出口，遣回到万物的音律中
去。整个下午，是蓝鸲鹟，
火眉雀，棕色旋木雀，和扇尾莺黑白分明的号令，
当然还有燕子。

在浑然的举动之间
她们想要告诉你的是：
学习吟诵的艺术：此时此地世界的
音节和重音；掌握韵律，
语气，呼应，节奏。聆听原始的轰鸣。留意大地
天空，以及它们之间畅流的妙想之河。
做爱；加诸形式，好好说话。歌唱
如果你觉得有所助益。
而且别忘了停下来。那时你才真正开始。哦，还有，不要

催促河流。

(8)

一架白色海军直升机在女神裸露的肩头盘旋:
一只缓慢的蚊子排练
肥胖胀气的亵渎。
如果那话儿这会儿栽下来,我们就忽然有了七位一夜英雄。
而其中任何一位对那只袋鼠来说都无关紧要,她正在
婆娑的河麻黄庇护下奶她的小鼠儿,连我也是
无所谓,走上阳台,
让午后搅扰我知识分子有条不紊的气质。

(9)

在这姗姗的蓝色光线中我开始明白
如何到最后残留的主要是渴望——
比如,声音,面庞,和曾经握着的双手,
而不会再握了。此时风已在林间止息,
紫色的云朵向北浮游仿佛(冬季)最后的鲸鱼。你忆起
她的头发如何垂下,她眼中散漫的琥珀色的怒意,
所有你们曾一起预期的美丽。
夜幕降临,笼罩一切。当你抬起头来,
看到的只是自己,

从书上抬起头，好像从很久以前。

（10）

鸟儿在这里给你
第二次机会。这些燕雀，比如说，
点燃她们的来踪，也点燃她们的去向。连续两天，我在黄昏不及
抬头观看这些褐色小鸟的低质翻版。今天早上，她们如星火
燎原，被太阳故意在门前草地上点燃。诗，
据说，是火，而当我端坐于此以逗号儿
喂自己的诗句，燕雀踏出的小巧闹铃儿，是所有间隔的音节
下一步舞蹈的规则。

但不只是火尾雀。今天早上
天气是碧绿和黑，
然后是红和黄，嫩绿和海军蓝：
华尾鹩莺，流行音乐之王，在袋熊轰炸过的草地上独自
与他自己和他的镜子相伴。而一对儿玫瑰鹦鹉，
不知每秒钟粉碎多少颗心的
女孩儿，沉浸在草场的思路里，沿着围栏线。三只黄尾，

黑加黑加黑，弹奏优美的小三和弦，

循着键盘上行，一路行至

河边的麻黄林。迎燕在门前身穿栗色情侣衫

为婚姻正名，

在屋檐下给泥巢里还未孵化的小家伙们

监考，而黄色知更鸟，新涂了指甲，在围栏顶层讲述着

真实的故事，旁敲侧击。

鹡鸰回来了，湿婆穿着租来的尾羽，告诉我，生命

不过是日光下的死亡，再次回到重新开始的时刻。不过，

我想还是先把咖啡

喝完。然后我听到一种叫不出名的啼声，五声喉颤的单音，

然后又是四声，

从银桦中传来，就在窗外：

某个硬叶福星，我猜想，

男扮女装。

（11）

回到谷中十分钟

我已在此十载。我在溪渡

停下来，让学校溪教我的双脚如何立正，身体如何跟从。

很难说是画眉为河流试声

还是河流为画眉

试镜。轻柔的冬末之雨在火把树之间

如松散的绿色咒语，而这里没有任何不属于这里的事物，

只除了未来，在这落雨显身的亲密宇宙。

天气唱着琴鸟喜欢的

深情的棕色兰草，

果然，当我拖着双脚像拖着河流，逆流而上到小棚屋，

我从羊齿蕨中惊起两只年轻的鸟儿，

好像从他们的床上，他们跑开，甜蜜的嬉笑

散播在光滑如缎的路上，长尾曳地仿佛匆忙拾起的

解带宽衣。在回家的路上，

下午模仿着鸟儿们因忙于谈情说爱

而没时间弥补的每一声啼叫。

（12）

风景又再盯我的梢。

每次看出去，她都在那儿。

跟她之间总是没完没了。总有旧的亲密要探讨，

新的伤口要揭开。房子下面

袋熊用很长时间安定下来：

不是冬眠，想都没想。他们用我所有的所知

梳理分歧。白天，风景是好几本有声读物同时说评书。到了晚上，
她是音乐：你靠着她给你造成的感觉猜测她的意图，
她的维度超出你的掌握。

（13）

夜雨浸入我的睡眠
仿佛世上最美河流的最后水汊
在沙漠中迷失。韦陀母亲的香发
掠过我的脸颊，
她的艺术，音乐，和热烈的科学消失在
我梵文街头俚语的梦中，而我在她的尾波中醒来，
把她的悲伤带到河边——（早上）真实的河。
你的情感比你老成得多。
他们莅临如神，仙去如神，没法让他们负责任。

这个道理伊麻黄知道，并在雨中的
临终仪式重申
当我从她们下面走过。
在古老的故事里，她们是号啕的女人；巴比伦的水在她们之间流淌，
没人从此过得特别幸福。从远处

听起来，风声收割树林好像横跨空谷的高速公路；
从近处则是所有被遗忘的语言

再次忘情。再次，而
河边袋鼠的足迹是黑暗中的渴念文学

一路撰写到低水位线。

万物有终。无物有终。万物有始

源于他处。有人说我心中的河
源于已知大地最高峰上的天堂树根，有人说
她始于梵天自己手中的杯盏。

至于她在哪里不再是河流而开始
成为女神，尚无人知晓。（因为神本来无始，当然无终。）
但这一切都是很久以前，离这儿

很远。她满足了沙漠的渴求，她啊，发明了火的语言。
其甜美野蛮的抑扬顿挫仍从这里的悬崖落下

今天早上洗濯我的双足，在它们去

诺拉镇观光的路上。

（14）

晚上十一点，柔和阴郁的一天

变脸为粗暴半透明的夜晚。一种情事
总是逐渐变质为另一种。你刚刚适应——如果不是还在适应——它就结束了。
河流今晨淌着谷雾；今晚避着风，而星星
在它们璀璨生涯的一光年中被擦亮。
在这期间，趁我没注意，云开了，
随之拨开了我的心情。
敢不敢干一干，爱人问，而这事儿同意比安排更花时间。
万事的天气骤变
如斯，以为从此可以相安。

（15）

通宵风试图把房盖从我头顶
揭开而袋熊再次
试图把房子连根顶起来。这就是为什么人们
要到乡下来——这种城里人一无所知的宁静。
你也来了，在夜里。悄悄地。
略过细节不说，但事实证明你真会亲嘴儿。可我连那也睡过去了，
然后在山谷的风暴眼中醒来，
发现半个森林倒在唯一的出路上。
而现在从窗前的书桌上，我看着风
把已知世界的字母撕开。

（16）

整天我在桌前花费文字

　　　　　　　　　　　　但它们没给我买到任何东西；黄昏

我走到河边好像要寻死。我看到田凫盘旋，一阵下坡风

给隔岸的树林施魔，

还有袋熊，那些肥胖癞皮的巫医。

　　　　　　　　　　　　　　凶猛，神秘，缓慢：

足够在黑暗中带我回家。那里我坐读杜甫，西行——

所有这些禅定的诗人——但之后依然是虚空。

　　　　　　　　　　　　　　　　　　我担心在孤寂中

变成他们的一员：写同样的诗，

同样顾左右而言他，以同样的二手笔，

厌倦我必须保留的唯一侣伴。甚至不耐烦

清晨草地上的

　　　红眉雀，忘记

　　　　　　河里裸身的女神。

（17）

最后的早晨，蓝鹪鹩

　　　　　　　　拿出粉彩将日子以重手

涂在他的脸上。像文森特那样下笔——满含钻心的沉默——
落在画布上。燕雀登场。灰色扇尾莺。褐背冬鹟，
因时近春分而羞怯。当然，还有燕子，
终于耗尽他们冗长的欢迎。只闻其声，像孩子们在电话上，
不见其形——啸鹟倒计费，
喜鹊和泥百灵用讯佳普（skype）

给食蜜鸟拨长途。

四只粉红凤头鹦鹉列队飞过。

翅膀倾斜。

玫瑰鹦鹉摇铃。所有不协调的告别服装。最后，鹊鸲，
穿着喷上去的袈裟和法衣，翘在银桦高处的
讲坛上，拖长尾声，信口说着大团圆的
紧凑短语。我们的任务完成了。

来生再见。

这个地方的出路——以及进路，

不过那是另一个故事——

是用画笔铺陈的，

我不是说颜色。

它不需要这么规整，毫无疑问。这条路是一个倚音
持续了二十五公里的复调灌木林，

推土机推平了的复印件，

河流模仿苍鹭的精神生活，

取道而行感觉又像初次被征服。

还记得吗？道路试图解析

风景无谓的阐述

好像性爱之于身体，生命之于死亡。

如果你必须走，就走这里。这是唯一的出路。

107.
海湾

清晨是 1956 年
某个迟暮下午从《生活》杂志
撕下的手工着色照片。天堂
在小棚屋赭褐色木板下甜蜜地腐烂，
男子坐着，回忆厚重，呼吸轻浅，
而海湾，身披悉达耀眼的长袍，扑向海岸
再次扑向它的臂弯。在命运的支配下，海
沿着珊瑚滩是翠鸟湛蓝的
凶悍，这会儿还在电线上
谋虑深远。

这里的天空是海湾
力所不及的高远。萨武萨武——
这个洪水泛滥的舞台，貌似平安，
令那些身着绿色反歼夹克和更绿的迷彩服，
在卡瓦酒作用下醉意醺醺半领年金的山峦
满心欢喜——萨武萨武

是云和变幻的天气演出的无数幕

道德剧。也是整个自然界的水循环前来上妆

排练。傍晚，椰树

翘首远眺

夕阳化水为酒。它们还在那儿

以飘忽缠绵的角度摇曳，

而云朵被色眯眯的月亮从背后照亮，

谱写乱糟糟的世界地质构造图，

一会儿又重来一遍。

黑暗中，海湾继续喃喃细语，蓝船从蚝场归来

怯怯低吟，

果蝠和壁虎接着唱

织布鸟和八哥在黄昏

中止的歌，男子在阳台上踱步。

他在书和鸟鸣中度过了一天，

归来一无所获。琥珀眼睛的小猫，

流浪的婴儿缪斯在这儿找上他，

太迟了，来不及对任何一方有所助益，

它发疯地扑打紫色霓虹灯招来的蚊子，打下一只蛾子

一口生吞。来自度假村的绿色公交车

像步兵队

从路上经过，对话的旗帜
在窗口招展。假以时日，他想，一切，
即使是最可悲的事，也会在爱的
亮丽俗语中重谈。

108.

水下行

——致金·斯塔福德

一种寂静笼罩北美。
仿佛所有的日子都与自身有着双层的隔离。
不可思议，地质结构式的，一种悲情，一种疼痛，
于等待之中。如某件未竟之事。我能感到它，
特别是在西北，虽然它从多伦多起便如影随形：
我猜想是南方的我还没有习惯的北方光线
修长的特质，转化为一季压抑的回声，
太多历史下幽暗的沉默，太多
欣喜若狂的风景，太多枪口下解决的剧情，
仿佛我的生命从这里一开始就已迷失。

抱歉：我的话语被心情左右，而我的心情还在
倒时差，还沉浸在它以为我曾经爱过的梦中。
我头脑的地幔层里板块相互
倾轧，造成不安与不适。可是你看
你窗外的经幡已停止

祈祷，青苔缀满橡树和冷杉的边缘，
它们在我曾见过的日光最甜蜜的借口里
坚忍地伸展。跟我出来吧，你说；我们一起漫步到
河的上游。让我们看看妮奇瓦娜[1]对光线有什么
说法……要说的还真不少，而且大多相当粗俗——

比如，……聂鲁达的纠缠的
生殖器，就在那儿，庞大的玄武岩，夹在道格拉斯
冷杉之间，在河的南岸——如此壮观。
在鹰溪排水处，知更鸟似乎相信已是春天，
但是松蓝色水上顺流而下的云
和涌起的风，以及狭窄的在我们脚下逐渐
坠落的路，都忙着让冬天重现。在两小时中
你教导我水下徜徉的艺术；在两小时中
我们一路进行明朗的交谈，走到瀑布又
走回来，一任若失的雨水淋在我的头上。

如果你称一道山脉瀑布山，这就是
你将得到的结果——一如它版图上的名字，
一次雨中远行。但确实值得；几乎总是如此：
下午哭出了大陆整个上午（或依我看

① 妮奇瓦娜是夸考特尔语的“水大”，即哥伦比亚河。——译者注

整个 20 世纪）无法倾诉的
悲情。分水岭是几乎从画布上流失的
日本水彩，大水将稀释的颜料
携至大海，也带走了我的一部分。结果
峡谷是大部分未曾说出的绿色布道辞，而在我们驱车
离开时，傍晚仰卧在河面上仿佛是我从不知道的那些赞
　美诗。

109.

孔雀舞；或，满口亮蓝的祈祷

我觉得女孩儿红色的手提包
倾诉着一种忧郁的舞蹈，整天
揣摩是什么含义……
在早期的喜悦和无知后
莅临的真爱。
及随之而来的美好忧郁的舞蹈。
杰克·吉尔伯特，“孔雀舞”

我坐在自二叠纪物种灭绝以来
世界呈献的最美好的
下午。
　　　　除了房前路上偶尔驶过的
车辆，殷勤如
最后的青鸟，你可能会觉得
世界已经停止了呼吸。
　　　　　　　　　　直到
笑翠鸟启奏生疏的

铜管乐，孩子们的声音
在房子里跳荡如同鼓掌。
风及时地挑起一个针脚
又在金黄的榆树林里落下。
　　　　　　　　　　　书窗外
挺立的梨树，在收获的秋光中
硕果累累。
　　　　而下午是蓝色的
孔雀舞，沿着地质时代庄重地舞过，
她双目紧闭，双唇微张，口中
充满灾难的承诺。

110.
信念

老式的礼拜天上午，
时间幸福地坐在我腿上：
原始的夏日，其实，随便地穿着
白床单，她棕色的脚不戴装饰
哪儿都不想去
除了在这儿跟我在一起。家人去做弥撒，我则坐在平台上
晒太阳。通过电邮修炼共融团契：
抽象的圣谈

没有圣人。（也没有神圣之家）两只甘甘巴丹飞过，
带上不同世界之间的大门，
而我都没有听见推敲，
她们除了搞笑城府深沉。褐色飞蛾弥漫
半边莲：是谁在贱卖沉湎。狗露了脸，
嘴上穿着昨天的蓝
内衣：

如果以为这就叫魅力，她可找错人了。
也选错了时间。北方，西方，
陆地洪水暴发冲垮圣经两岸。
第二个暴雨年，每个人的小妹妹
令其他每个人心碎，
把油黑平原变成冰冷缓慢的
岩浆田，把经济作物变成不合时宜的一锅粥。

但此时我安坐于本地阳光下，
于鶺鸰蔚蓝放浪的
歌声中，琢磨：我的心是三宫六院，头脑是法庭
连续剧。没人比我对如此众多的争风吃醋和
恼羞成怒更忠诚不渝。但今天看来一片太平，
没人再坚持
一片痴情。在这种光线里感觉像
坐观爱的行列徐徐远去。

夏天的货架积压了最近的阴云，
所以仰望的感觉真好
看晴空耸耸肩张开手；
希望
油然而生。幸福的家庭一样浸透辛酸往事，现在

最好起身把其中一些晾到绳上，

在家人回来发现

我原地未动之前；在背信弃义的季节

故技重演之前。

一诗一国度

诗歌似乎天生就不可遏制，诗歌来到任何时代，不管人们如何用流行肤浅的语言抚慰大众，总会有人心有戚戚，有不同的感悟需要诉诸，觉得必须坐下来，写下从未被前人写出来的世道人心。

诗歌和语言一样，如影随形，在人类历史上源远流长。据说，人类学会说话之前，已经开始歌唱了。诗歌是一种深度语言。没有诗歌，没有人谈论诗歌，写作诗歌，朗诵诗歌，人性深处的某些东西就会失调不协从而出现紊乱。如果诗歌停止了，我们所有人内心的某种东西就会停止。世界将会失去深度、意义和神圣。

诗歌就是其中的某一要素，诗歌是心灵的一个季节。诗歌的节奏，对应了日夜旋转的地球、早起晚归的潮汐和灵魂本身对万事万物长空皓月般的喜悦。诗歌是万事万物流转运行的必要条件，诗歌彰显了席卷全球的革命性变革的伟力，也把人类的善和内心的柔软表达得感人至深。只要有人听到诗歌的如泣如诉的低吟，他的眼界格局为之一变，就有机会让自己的生活变得更有意义，对地球、人生，乃至彼此，释放出更多的善好和同情。

简·赫斯菲尔德是这样说的：“一首诗开始于诗人意识到语言与人类情义内在的关联。威尔第是这样定义音乐的：音乐不过是智慧组成的噪音。此话对诗歌来说其实更真实。而织造一首诗的大部分智慧，功夫全在自我之外。”

写一首诗，或者读一首诗，哪怕诗歌运用的是恍惚迷离的语言，读者仍然会被唤醒，因为诗歌书写的是我们常常忽略的人间的情义、冷暖和大爱。正如谢默斯·希尼所言，诗歌之所以能做到这一点，是因为诗歌拒绝“理智急于取消抵押品赎回权”。

尽管诗歌有时让我们臣服语言的魅惑，把我们导向完全未知的境地——某些时候让我们心如槁灰——诗歌多数时间还是为我们提供了一个壁炉，可以与人类乃至地球众生，分享宽怀与慈悲温婉的力量。

当我们拒绝虚假抚慰，肤浅，诗歌就发生了，不管你是诗人还是读者，这样的诗歌就会获得语言和世界的双重体认。

对语言的要求越高，诗人就能在人类情感深处发掘到最为深沉的善与爱——诗歌在我们的日常生活中更加神圣。诗歌让我们回到了类似原初哺乳动物的淳朴的自我，让我们的思想环绕万物本真的动人，无言的大美。诗歌语言让我们感受到人生的甘苦，那是一种宝贵的新鲜感，就像霍普金斯所说的“内心深处”的那种矛盾与奇迹、悲伤与神秘，人生的“神曲”，我们日复一日地演绎着。

诗歌永续恒久。正如谢默斯·希尼在诺贝尔“相信诗歌”的演讲中所说：“诗歌满足了意识在极端危机时的矛盾需求，一方面需要说出真理，艰难且无所回馈；另一方面，心灵不能钝化，以至于否定它对甜蜜与信任的渴望。”而且这些都是出现在危急时刻，尤其是过了某一年龄段，正如詹姆斯·鲍德温所说“任何人生，只要经历过，都不会轻松易致”。

希尼真是过来人，你听：“诗歌所营造的秩序能真正影响到外部现实，正如心灵最为敏锐的诗人，心中荡起的涟漪，竟然和50年前洗碗桶洗碗激起涟漪叠合了。”童年时代的洗碗桶是希尼在演讲开始时用到的一个比喻，但人们可以用其他任何比喻来替代它，比如诗人们自己的人生中所见证的那些花瓶里的菊花，如同卷曲的波浪，带你来到岸边，寺庙里的柏树，黄昏的马提尼，祖母制作的毯子，父母或一个孩子的照片，一个下午的哭泣，新婚之夜，光影下的蔬菜，童年乐园，与父亲度过的时光。

一首好诗应该表现这样的时刻，这样的地方；一首好诗应该在语言中创建一种秩序、一个小世界、适宜人居，井然有序——而且这种秩序比我们瞬间强烈感受到的，比我们参与其中的会更持久存在。

我写过一首名为《牧歌》的诗，表达了我对曾经生活过的地方的一种眷恋不舍——于我而言，我的家人，我的朋友们，他们中任何一个遭受痛苦，我都会念兹在兹，割舍不下，就像我已经失去的那些鸟儿和绿植，如今，这种眷恋化为一种对诗歌用途的思考，诗歌之于故土，祈祷场所的天然亲近的关系，这种关系可以用诸多具体而微增进归属感的例证加以说明，这一切也许正是世事的本质吧。

但是，你听：
没有人通过读诗来学习如何投票。诗歌无法改变
诗人落笔如雨；归来，寂寞似黄昏；
夜幕降临。
诗歌并不适合任何事情；一首诗便是一个国家，

诗歌需要诗人践行诗歌，我现在走出去，走进诗歌
携朋友一道
感受到围场上的风，脸上的寒意。

从我的中国翻译朋友李牧原那里，我了解到“起兴”这个词。我对这个词的理解是这样的：任何艺术作品，渴望美的境界，乃至不朽的条件就是心因景造，情由境生，一半是起兴，一半是抒情。如果一首诗希冀提供安慰和挑战、奥秘和乐趣，这一切发生的境界——沙漠，花园，湖泊，岸边，山脉，城市的高楼建筑中——诗人就要好好造景设境。诗歌造景设境并无限制，举凡光、风筝、老虎和河流、住宅和天气、地面和植物；地球上任意一地一隅，但必须以颂唱的形式演绎出来；此时此地，就可以说出某人某些心中的默想和悲伤，渴望和无奈。

写诗要造景设境，这是诗歌的前提。人生也是如此，思维具有流动的环境，正如在物质世界中，身体中有着像孩子一样的思维与感知。人生就是这样，诗歌也是如此。根据我的经验，我居住在人为设定的境界中，合乎人性，极富抒情性，更加富于人性，我就能在诗歌里找到更深刻的话语和隐喻；而当我沉浸在因景而兴的情感之中时，所有和生活世界所关联的一切感受感知情感，乃至引发起兴的景境，我的诗歌中，就会有更多的神来之笔，这种神来之笔并非直接缘起于情，而是间接缘起于景。因此，诗歌要想真正表现景境，表现自我，就必须把造景和抒情很好地结合起来。好诗善于造景，好诗情缘于境，情景交融，你中有我，我中有你。好诗把世界性灵化，使世界绿茵如春，重回天真纯真的境地。

“一诗一国度，诗歌需践行……”所以，只要世界允许，

诗人就会这样做：书页之上，凭空创造一个正能量的世界，并不兼容于人世间的情怀，都能适得其所，“万物家庭”里，一切各安其位。

一首诗必须是在地的，有声的。好诗追求一种声音，渴慕一个场景。如果众神在微笑，那么在诗中理想变成现实：声音和场景融为一体。一首诗就是一个场景，同时，一段时间里，它将成为读者的壁炉和庇护所。

马克·特雷尼克

2019 年达基沙洛演讲

建构作家身份：愿景与想象

“我是个无名之辈；你是谁？”作家就像我们中的任何一个人一样，是个寻常之辈。

“我是个无名之辈；你是谁？”你也是——无名之辈——吗？

——艾米莉·狄金森，第260首诗

身份似乎已经成了一件衣服，用来遮盖着赤裸的自我。既然如此，最好还是宽衣敞履，类似沙漠居民的长袍，一个人的赤裸总能被感觉到，有时还能被辨别出来。这种对赤裸的信任，使人乐于宽衣敞履轻松释怀。

——詹姆斯·鲍德温

（1）

北京鲁迅文学院（八里庄校区）前门附近的两棵梧桐树刚刚发出新叶。我打问一位在这里学习的年轻女士如何称呼这些树时，她告诉这就是中国人所说的“白杨树”。今天早晨，一群蓝翅喜鹊在树上嬉戏，它们的翅膀是早春天空的近亲。我知道它们就是悬铃木树——东方悬铃木树，我查询百度，很快就显示了这个结果。中国东北特有树种。但我认识这种树有年头了。这是一种四处旅行的树，遍植世界各地。我的故土的城镇和城市的街道两旁种植的也是这种树，我们澳洲人称它们为伦敦梧桐树，我猜它们是追随马可·波罗（Marco Polo）来到西方的，后来寻路来到了英国（那是在英国退欧之前）。

我想知道这些树是否知道它们在北京不叫伦敦梧桐树。我也纳闷他们是否知道它们其实是伴随我一起长大的。我还有一点好奇，它们是否知道它们不是西方梧桐树，通常被称为西卡磨槭树，而伴随我从小一起长大的树就是西卡磨槭树。尽管如此，这两棵梧桐树在北京应该以白杨树自居。所以，作家和白杨树纷繁的名称一样，不管别人怎么称呼我们，我们就是我们。一个人的西方就是另一个人的东方。它们是什么，这些树如何在世界各地生长——它们就这样了，爱谁谁，它们始终就是它们自己。这就是白杨树教给我们的东西。除了美和坚守，文学本质上就是一种开放性的蔓生滋长。

（2）

我想说的是，一个人是谁，在任何意义上都无法被某个原因、性别、某种意识形态、理论乃至某一部落派别所界定，或包含，或捕获。在我们每个人身上都有某种不可化约的东西——我们来到世间，每个人既是独一无二的个体，也同样属于人类。每一个都是人类的独特实例。自我比身份更深刻。

我认为，正是自我有自己的生命，文学才有了准绳和海图。我认为一个作家只能描摹自我，引出文学意义的对话，探究人生的目的何在，以及如何过得有尊严，回顾过往，面对现实，正视权力的威严，就能实现救赎，较好地表现人类生活。

前提是：作家能够勇敢不羁地写作，摆脱除开爱、自然环境和语言之外的一切束缚。

文学能够展现作者的自我。要做到这一点，自我必须赢得自由。

（3）

作家很可能是弱势群体、破碎的、美丽的、神秘事物以及他那些该死的亲人的代言人。作者应该写出那些浑浑噩噩、赤身露体、遭受困惑的人的尊严，哪怕是有缺欠的尊严，这些人充斥在我们诸般哀愁的日常生活的舞台上。

但作家最好不要——除非别无选择——加入教堂、俱乐部、教派或事业；也不去兜售什么救世大计。文学就是灵魂的话语，是存在的语言，而这种语言，就像爱情本身一样，在囚禁中必然夭折。不管多么好的囚笼。

我在一般意义上并不反对身份，身份有很多拥护者。我只想为自我一辩。

（4）

文学的作用之一就是把语言从写作中解放出来。罗伯特·布林赫斯特如是说。文学之所以为文学，就是为了保存语言中属于全人类某种神秘的东西。商业、信仰、理论、意识形态和政治的论述，往往把所有的声音、地点、结构、性别和音乐都从转录下来的话语中剥离出来。如果我们想让它像文学一样，捕捉人类生活的感觉，捕捉现实世界的内心悸动，捕捉有灵性智慧的乐章，我们就需要那些作品——那些描写哺乳动物特有的性情的作品，那些在地的诗歌。因此，作家只能忠实于自己那深不可测的自我。

把语言从陈词滥调中解放出来，文学也解放了我们；文学让读者至少在思想和精神上保持自由。文学告诉读者，就按故事中的人物那样去生活，这些诗歌，这些句子并不是空洞的：每个短语都是鲜活生动的，用自己的双手创造每一天，拒绝沉闷，和所有冒犯地球之美的人做斗争。绝不伤害他人，尤其是不能伤害语言和你的对方。

（5）

我很幸运。如果我很难自由地说话和写作，这只是因为我想安居的地方，生活费用腾贵。一个人必须做很多事情才能活下去，而这一切都只好冷落诗歌。我们只是被忽视了。没人愿意听我们絮叨，但也没人会因为我说出什么而要我的命。我的国家对文学漠不关心，对它的魔力一无所知，但我不会因为创作而受到折磨或唾弃。

我是一个白人，生活在一个白人的世界里，白人的母语是世界的通用语言。我可能并不富有，但我或多或少是自由的，写作让我能环游世界。最近，我不得不像我们所有人一样，经历一些悲伤、损失和破坏。但是，我仍然是一个幸运的人。对我来说，不需要为自己的身份而受罪，并要求自己在写作时超越自己的身份。

但詹姆斯·鲍德温的一番见道之言迫使我们深思。鲍德温笔下的美国，对于一个黑人来说，率性过一种智性生活，谈何容易。鲍德温不仅要为写作而奋斗，还要为生活而奋斗。鲍德温这位小说家，黑人，一个来自哈莱姆区的男孩，一个生活在异性恋世界里的同性恋，他在20世纪60年代被动卷入美国民权运动的旋涡。虽然极不情愿，这个诗人也惹下了不小的祸殃。鲍德温不管是在演讲中，还是出席各种集会，他都坚持赤忱相见，开诚布公，他虽然倡导一项至关重要的事业，但他自己仍然置身事外。他的语言必须由他自己选择。他的生命必须属于他自己。

（6）

真正有价值的写作，一定是和人类同气相投的写作，和一切有情众生心心相印的写作，与人类共美，与众生一起欢欣，一起叹息。有价值的写作源于虚怀若谷，敞开心扉和大脑，这样做，不经意间也许会开启多扇门扉。我有一种感觉——我想鲁迅也有同感——当一个作家把自己的身份想象得太狭隘，当他把自己的身份穿戴得太紧绷；当一个人的立场过于坚定，斩钉截铁时，他的心肠已经变硬了，思想狭隘起来，一种伪造的世界观和声音使他要么与世界对立，要么就是支持或赞同。但是艺术不是这样偏狭武断，艺术很可能会与某种话语——政治、咆哮、判断和偏见——产生冲突，因为艺术的本质就是批判而不是迎合。

谢默斯·希尼提醒我们，从事文学的人，有时候就要学会投掷石块。就让我们朝着暴政和不公平，伪善、强奸和虐待儿童，任何形式的剥削掷出我们手中的石块吧。土著语言正在消失，湿地干涸了，候鸟不再迁徙了，从地球上消失了。世界上蜜蜂种群正在锐减。让我们大声说出我们的愤懑来。我们作为作家，就是要和弱势群体和美丽的、受虐的事物，被忽视、隐形、被剥削的群体和贫困群体站在一起，为他们发声。

但是在进行社会改革、实施政权更迭方面，有比写诗更尖锐的工具。

有一种工作只有文学才能做，这种工作就是济慈所说的灵魂再造。文学的工作就是让我们葆有人性的善好，同情人性的弱点，文学要求我们释出更多的人性的善好，就像弗罗斯特说的，我们要学会“倚靠混沌”。

为此，我们需要我们的灵魂完整，我们需要我们的语言自由。

（7）

艾米莉·狄金森写道：“生活是一种如此美妙的咒语，整个世界都在密谋打破这种咒语。”文学就具有重铸这种咒语的能力。

文学的政治是这样的：它拒绝接受，也不允许我们接受，我们是在流行的东西方话语中被简化的神秘实体。

作家是有血有肉的灵魂；和喜鹊、樱花、山川、河流一样，我们也是地方的居民。我们不是品牌经理，也不是学号；我们不是劳动单位，不是消费者，也不是纳税人，或者不仅仅是纳税人。我们是恋人，是行者，我们是哺乳动物，我们是欢笑者、哀悼者、歌唱家和战士；我们是神圣的异教徒；我们把我们的创伤和祖父母的创伤藏进我们的细胞，并在我们必须完成的工作中，每时每刻把它们活出来；我们是孩子，我们是父母，也是朋友，我们创造了像奏鸣曲这样美好而无用的东西。我们是唱赞美诗的，是寻路人。我们是困惑的神秘主义者，失败的怀疑主义者。我们是小偷和天使。我们是人类，地球上的生物，天使化身和堕落的天使，世上也许根本没有什么文学，有时我们也会忘记。

（8）

那么，就像情人一样，你就属于你写作的主题。和死者同死，与他们交谈，请求他们的帮助。见证你的时代，但不要太适合这个时代。而是属于你的痛苦，你的情感和沉迷。无论如何，与你的读者保持一致；成为你认为他们会喜欢听到的那样。真正看重的只有写作本身；相信好的句子，正确的节奏，漂亮的隐喻。如果可以的话，熟知你的故土。如果可能的话，趁着灵感还在，写下来你对大地、对祖国的热爱之情。记住你赞美过的土地的每一句话。

像河流一样生活，像高原一样写作。

身在何处，心在何处。生在何方，心安何方。

（9）

鲍德温所说的这个自我，其实就是一个大我。正如惠特曼所言，它包含了人类全体。我相信鲁米是对的，他说，“总有一种方法可以摆脱个人的执念，恰如其分迎来死亡，和成双归来的方式”。事实证明，自我就是一个唱诗班，一个人所要做的就是学习唱歌。如果一个作家想要认同某件事，那就顺其自然吧。让她练习写作，练习成双归来，这个她可能是我们当中任何一位。

（10）

“目击人生是一场孤独的游戏。”我曾在一首诗中写道。我们都知道，写作是一种见证，一个人必须站在自己的生活和时代、自己的人民、自己的社会及其规范之外，才能完成这种见证。为你所认同的东西奋斗。作者属于世界之上。站在你生活之外一点上，这样别人就能找到回家的路，找到通向你的路。那么，就住在门槛上，把它变成一个语言的壁炉吧。让你的护照上注明你就是一个隐士。

（11）

“阅读再阅读，从好的写作中学到好的写作。走出去。坠入爱河。”我想，这是我曾经给加的夫一家学生报纸的建议，当时年轻的采访者老是问我同一个问题：你对年轻作家有什么建议？好像我无所不知。

别把那个称谓太当一回事，我可能会补充一句：看重你的写作。

（12）

诗歌，所有的文学都可能是人类进化来保持理智的伎俩。

人类文化发明或者进化出了“个人抒情”，格雷戈里·奥尔在《诗中生存》中这样写道，“从而帮助个人（作者和读者）度过诸般生存危机，这些危机可能由于主观极端臆测引发，也可能由于外部环境如贫困，痛苦，疾病，暴力，或痛失所爱引发”。

奥尔继续写道：所有的生命都包括混乱和无序，“但在某些存在主义危机中，无序有一种完全压倒我们的危险。在这种情况下，自我的完整性受到威胁，其坚持的愿望或能力受到挑战。当我们把危机‘翻译’成语言时，生存就开始了……诗歌展现了我们塑造想象力的秩序力量（也许是我们接近自我的能力），使我们能够对抗混乱（在这首诗中，秩序胜出）”。

如果诗歌的主要目的是帮助恢复自我的完整性，如果你是一个作家，你最好对自我有一点了解。人们最好学会一点抒情的技巧，这样诗歌就能不时地让文学意义上的秩序胜出——倚靠混沌，重新铸造咒语。

那么，培养自我吧。从自我开始。包括所有的自我。尤其是死者和无言者的自我。记住地球。关注语言本身，关注文学本身，因为这就是你的家底。尽其所能吧。指不定哪一天就会派上用场。

马克·特雷尼克

2019 年 3 月

代跋一：马克·特雷尼克的蹩脚口才

我一直认为，一本好书的标准：不仅悦读，且发人深思。同样，对我来说，一首诗好坏与否可以参考同一标准——我不喜欢纠缠枝枝节节的得失，类似主题或风格，韵律，乃至炫技炫智，博学或互文性，这些东西往往就像商人的腕表，电影院突然响起的手机声，惹人注意但未及本质。我最在意的东西，在某种程度上，事关耳朵和舌头——诗人是否有能力写出一行妙句，刻画一个生动的形象，讲述一个令人发噱的笑话，我想再说一遍，好诗乍一听，不仅悦耳，而且令人回味，经得起一听再听。俗话说，好诗值得记诵。扣人心扉。

基于这一标准，马克的《火灾记事》可说显示了某种非同寻常的诗歌品质。《火灾记事》充满了令人难忘的形象、引人发噱的笑话和琅琅可诵的诗行。现代诗大咖庞德会说——也许对他来说有点不真诚——好诗有一种“在脑海中刻下痕迹的情感品质”。把诗写到这个境界，得来绝非唾手可得，满满的全是功力。这是《火灾记事》给我留下的第一个印象。

接下来，我发现自己从地质学的角度把它看作是诗歌世界里的某种磁异常。或者从生态学的角度来说，是一个有魅力的动物群落。这是诗歌内在的本质——契合诗歌写作最严格的文体标准，并从雅言提纯至文学特质的口语，与读者交流。完成这一步，才能发出现实的声音。

我的诗观固然狭隘，我承认这一点：每每读到一位澳大利亚作家、诗人、小说家或其他人的作品，我都会自觉不自觉地在字里行间，衡量这类作品对于澳洲某文学品类，乃至澳大利亚各种文学品类的意义。我想我在倾听一种不同寻常的真实的音调，一种我无法通过理性的网格追踪的无法解释的东西，因此是存在的神秘的象征。首先删除消费主义媒体的排泄物和废话，以及除此之外的东西。我也需要把这个声音定位到对我来说仍然是一个未联合的景观——这个仍在移动的大陆。

我们所在的这个国家，已经是颇有年头的酒窖，每每面对的是如此强大丰富的生物菌落，如何酿造出令人称颂的佳酿，必须打醒十二分精神。因此，我们如何评价澳洲本土的文学的方式，这一点总是令我着迷，即使如何看待世世代代那些生于斯死于斯的原住民，也令我着迷。

我观马克，好一个诗歌大才！崛起于本土澳大利亚，马克禀有独特的才华，即他能够从对风景的纯粹认知中，从微观到宏观的理解，然后把诗人的世界经验，不时转化为妙句警句，比如，"我们是谁，恰恰在于我们不是谁。不管是谁，我们都是我们的一部分""夜，闻起来五味杂陈，恰似十几个儿童营地 / 现在在其中搭了帐篷"或"死亡是我们为形式付出的代价""世界是一个谜，阻挡现实""神圣的混乱，舍去整洁的骗局。/……灵魂总比我聪明"……

在这种非凡的制造隽语格言，和读者形成知性共鸣的能力中，马克融合了一种伟大的天赋，即用抒情的耳朵倾听存在的户外调谐。他带着一种挑衅的新浪漫主义信念，我敢说这是一种英雄主义，一种信念，或者至少，用他的话来说，一种"试图相信"在一个完整的世界中，在宇宙过程的美中，在整体性的破碎中，而不是健康的教条中，这个世界既暴力，迅速，冰冷，又透出甜蜜。

作为自然写作的诗人，马克着迷地质学、天文学、鸟类学、气象学研究——他称之为“蓝色机械”——在物种纷纷灭失消亡，后工业资本主义自我生成一种受虐狂品格，“真正的荒野已经微乎其微：死亡算一个”——马克有关自然神圣的信念性，益发隐现在他的诗歌之中，这种近乎赤子的天真，与其诗意的浑成，造就了一种特别的诗意。随着这些天赋日渐融合，马克成为蜕变为本土的自然歌手，他也被世界上参差多态的美所鼓荡，所激励，并忠于这种激励和冲动，我们再一次引述他的原话：“没有人通过读诗来学习如何投票。诗歌无法改变 / 诗人落笔如雨；归来，寂寞似黄昏。”

这一首也很精彩——“让思想像你之前抓到的狐狸，用嘴，从外卖来的比萨包装盒子里，往外掏，/ 黑暗中的门廊：饿着肚子，但不要太饿。看到盒子，/ 就能猜出盛着什么礼物，取出礼物，但把盒子留下。转过身，别撒腿跑。”

关于《火灾记事》，我想再次强调的一点是，除了将智慧融入当代诗歌讽刺的核心之外，马克对他描述的风土万物，真正到了手到擒来的熟稔。

马克居住在新南威尔士州南部高地，比我住在维多利亚州西南海岸的地方更靠近日出，那里显然有更多的欧洲树木，但尽管如此，我们这些住在澳大利亚城市地区以外的人有时会有一种统一的感觉，即我们所居住的景观的命名方式让我们的一些作品看起来有点违和，甚至对生活在大城市的编辑来说显得晦涩难懂。有时当城市编辑看到青石巷道时，我们看到的是玄武岩巷道被切断。在自然世界的日常生活中，有许多事情不会出现在新闻或文化旅游手册上，也不会出现在大卫·阿滕伯勒（David Attenborough）纪录片或油管上——当它们被文字描述，送到城里重新呈现，就像在水中挥剑一样。

但在马克笔下，他不仅克服这一经验转换成文字的困难，而且准确地描述了情感上受创的人类形象的现象学经验，在浩瀚的星空中，鸟类，风暴，黎明，欧洲，本土的树木和河流，被重创，如今又恢复了生机。我个人还有一个可疑的观点，他人未必苟同。我有些轻视时下许多所谓的自然诗，有时候，我上下求索，我也吃不准，这一点我必须承认，力图证明今天的，不应该脱离时代。耽于早期那一代浪漫主义的遐想，他应该熟知自己身在何时，在对什么样的读者发言。你写的山水，不仅仅是原材料，人工制品，而应该是读者都能体验的活生生的山水；不仅是常见的英语名称和拉丁术语的铺陈，你应该真正把握笔下的地貌，它的火成岩的起源；诗人应该作为个人见证，见证特定的风在林中发出的乐声，负鼠着陆那一刻的感觉，正如马克写道——蝉翼闪光“像架在屋顶上的机关枪”，珩飞翔在天空壮观的种群，所有这些事象在《火灾记事》中观察入微——马克细致准确捕捉珩发出的声音，这是一个看似奇怪的问题，我总是想问他——“为什么河流不会待在地上，非要流动不止？”

从这个意义上说，《火灾记事》是一部真正的诗集，就马克而言，达到了马克个人刻意追求的质量，当然，说到第一本诗集，这番话已经是诚意十足的赞美。再次邂逅这样的诗歌作品，无论是就语言表达还是思想性，都将会是一个比较长的时段。

《火灾记事》最重要的一点——我非常欣赏——为什么我

很高兴推出这部作品，是作者本人有一个气质弱点——马克自己称之为“忏悔生态”。而在我，这恰恰是一种优点，和他对地理地貌的熟稔相伴生，其对意象细节的关注可以精细到分秒级别，诗人在诗中示爱，哭泣，尴尬，清楚看到危险和风险，他的调色板中包含智慧、情感和哀鸣，引用著名的环保智库《盖亚》的数据，观点，抨击“人类自杀性的白痴行径”完全不及疯狂的工业化现代化的致命后果。对我来说，《火灾记事》不仅让我欣赏到一个诗歌大家的作品，一个成熟心智的人的作品，还是一个经历过并决定继续生活下去的人的作品。因此，这本书关涉成长和成熟，不仅是在个人层面。另外，我认为它在智力上也是卓绝的，是一本如此高情商的人生记录。诗人写下这些诗篇，心中涌动着勇敢，一对捕捉自然万物音乐的耳朵，一颗悲天悯人的心——借此我们走进诗人的心灵，理解诗人专注自然写作的人生，也许不是他的第一生命，甚至他的第二或第三，“你的新生，只是旧我，手持一册好书”。借助写作，诗人再造更新自己的人生。诗人选择写出一本这样精彩的诗集，他首先对诗中的自然万物敞开，他的灵感来自大地，我得说，《火灾记事》有一颗原初坚硬纯洁的富含橄榄石的玄武岩一般的心。

《火灾记事》也收录不少庸碌人生的点滴，比方谋生不易的感叹“在一千美元的桌子上，写一首能挣五十美元的诗”，引发了弗朗西斯·韦伯有关诗人是弗朗西斯·琼勒尔或傻瓜说法的联想，诗人记录他在自家牛棚苦吟的场景挣扎，这个棚子曾经为奶牛专用；他从妻子和孩子身上汲取人生快乐，从性爱和父亲的身份上寻到了解脱；还有写作时灵魂出窍异象降临的时刻。当然还要写到的是他的文学传承，诗中不乏批评家乔治·斯坦纳所说的“真实存在”，或者杰德·拉苏拉在他最近开创性的研究美国诗歌中的生态必要性时所说的“堆肥”，还有罗伯特·弗罗斯特和罗伯特·格雷，沃尔特·惠特曼，鲁米和查尔斯·赖特，实际上北美文学对诗人影响既深且巨，不经意弥散在他笔下的诗行中——他用最醇熟提纯的口语，妙语连珠，但他的韵律是跨太平洋的——总有一种亚洲人的警策，这至少意味着最低限度——他太健谈了，不能算得上是一个真正的极简主义者，但在诗中他学会了留白，让开放的空白向读者眨眼……

不能落下 GS，即作家兼学者乔治·塞登，马克在我们的谈话中跟我提起过他，我知道这是一个大腕，他的声音在诗中一再响起，教会马克如何行走在特定的地域。马克在第十五篇牧歌中，提到“大地不会颂唱，乔治·塞登曾经告诫我；特别是，大地不会歌颂你——/ 乔治，我的父亲，上周死在自己的花园里 / 我们相遇时，他体内有一条河流动，直到我们把它打捞出来，我还在他的里面 / 大地不会歌唱乔治·塞登；他们就是大地，这就是大地要唱的，这就是大地教诲我们的”。

这可能是一个从未被完全理解的教训，但它讲述了一个丰富的遗产，哥白尼式的教训，在当前的自然困境中显得如此重要，以至于我们都忽略了。在这里，诗人重新诠释了这一课，向华莱士·史蒂文斯的《基韦斯特的秩序观念》和罗伯特·邓肯的《我经常被允许回到草地上》致敬，并充分意识到他自己从这些大师身上学到了如何抒情的秘诀。

因此，我认为《火灾记事》的出版，构成了诗歌写作的重要时刻，在当今我们诗歌的时间轴上，这个时刻独特而显著，我们这个破旧的地球，有人说出了干涩不易消化的真理，同时这个人呈现了罕见的智慧和口才，两者的结合，不只是讽世，或暗示重新改进世情人心，或沉思诗歌的未来，还有开怀地歌唱，哭泣。多少年来，有多少人都在期望等待这样的杰作的问世。我知道马克有这样的诗情，诗才。好事多磨。就像婆罗洲的一个人曾经对我说的那样——美好的生活随着河流的节奏，会流到我们面前的。

最后，我想说的是，这本诗集取名《火灾记事》，我认为这是一首护身符诗，可以很好地为未来几年的诗歌选集增色，最好地展示了这本文集的核心价值——简而言之，《火灾记事》，这首诗和这本书，向我们展示了为什么我们应该惧怕，惧怕什么，以及为什么我们不应该惧怕什么。这是了不起的成就，一个真正的诗人的成就。这是今晚值得庆祝的。干得好，马克。谢谢，恭喜你。

格雷戈里·戴

在《火灾记事》墨尔本发布会上的演讲

2011 年 5 月 27 日

代跋二：为《蓝鸲鹞诗章》喝彩

当马克和我商定出版《蓝鸲鹞诗章》时，我深深吸了一口气，然后答应了。我已经读过这本诗集了，知道这是一本非凡的诗集。我相信，在很长一段时间里，评论家和读者都会兴奋地讨论这本书，所以，无论我今天在发布会上说过什么，大家权当是鸲鹞的呢喃，该书一旦面世，走向世界，无疑会引发众声一致的喝彩。

《蓝鸲鹞诗章》，不是一本普通诗集，这是一本超级漂亮的诗集，首先是内容好，写得好，还因为该书制作人是著名的皮特街诗社，封面印着约翰和琳赛标志性的商标，编辑印制每一个环节做到了极致——最最关键的是，在我阅读的过程中，让我屡屡震惊，这是一本“诗的生活”。

诗歌的素材——字句、意象、短语、让人印象深刻，或发人深省的观察、记忆、联想、引述诗人同行的名句精彩诗行……所有这些好诗的必备，都充盈在阅读时的每一个生活时刻。

在《袋熊韦陀经》中，马克写道：

这些诗行是我入世之路——
离弃后回归自我——以铅笔和语言
　　　　　　　　重整旗鼓，而它们的真谛是其行进的
过程，而非出发的起点。

事实上，我有一种感觉，诗可以从任何地方开始——任何时刻，任何偶然的观察——只要我们心中有渴望，有爱，以及对多层次生活中无休止的重复的沉思，必然就会导致诗歌的发生。

就像鸟儿啁啾，予人一种纯天然无雕琢的印象，而在背后，恰恰是独特的艺术的作用，使得鸟儿发声令人着迷。在流畅的诗句和催眠的旋律的背后，节奏、对位和和声的控制就像巴赫、莫扎特或德彪西的任何作品一样，这些作曲家在马克有关温格卡雷比景观中关于不同鸟类的观察和吟咏中，与所有实存的繁多的鸟儿的歌唱，有的一拼。

远在马克转入诗歌写作之前，他已经以自然写作享誉本土文学圈。马克对地域极为敏感，倾情讴歌祖国的风土，这两点构成了他的诗歌核心特质。他用心讴歌过的地方，往往很容易辨认——堪培拉 NGA 的雕塑花园，西澳的玛格丽特河，南部高地——我知道这些地方，喜欢它们从马克的诗句中脱颖而出的方式，因为它们值得我们珍惜。

马克的咏物诗孕育一种深层的精神可能性，正如《漫步吊床岭》这首诗所示：

这可是我的朝圣之地：有时
带着狗走过清晨的
硬叶大教堂。

马克的诗通常以自然开始，继而，诗人总是孤独地向另一个人敞开胸怀——通常是一个他爱的人——或者，以基于一种亲密的联系，向读者敞开胸怀。

诗人在钢丝上游走——一种淡然的，尽管深思熟虑的，漫步在世界上，它几乎把我们带入一种超然的状态——只是我们彼此被困在情感和思想的网络中，与日常生活的现实勾连太深。

我认为《战斗还是逃跑》(*Fight or Flight*)就很好地说明了这一点，这是一首关于一只蝴蝶飞进蜘蛛网的诗。

蛛网最喜软目标路过
每条飞行路线和通道密布陷阱
铺得如此精妙，由不得你
你的身躯那么渺小，
被如此优雅地捕捉，
这份终极的快乐，纵身一跳吧！

这何尝不是我们情不自禁地捧读马克的缘由啊。如许“铺得如此精妙的”的诗句构成的文字之网，兑现如许遭受“被如此优雅地捕捉”的至乐。

不过这一切听起来有点一本正经，的确如此。马克的诗也充满了相反的俏皮悖论和讽刺幽默。他的语气可能是温文尔雅的，穿着得体，意识到礼仪和历史的忠诚，但在他所有催眠般的诗句中，他的声音既有探索，也有自嘲，他念念不忘他踏足行走的那个地球。

这是一个关于治疗、相互依赖和对我们星球正在发生的事情的焦虑的世界——只提及几个当前最让读者焦虑的问题。

这也是一个旅行和工作的世界——非常引人注目和令人难忘的是——家庭的世界，父母的世界（从童年起就记得，或者现在正在变老）和孩子的世界（那些幸运的“时间的小偷/爱的恶棍”），带走了我们最好的和最坏的。

马克的诗中有如此多引人注目的画面和诗句，很容易让人不断引用，忘记了自己该就此打住。精彩接踵而至，令人目不暇接。

看看这一首绝妙的《沙丘鹤》：

身后拖着
一双大长腿，酷似从未学会折叠的
乐谱架，一路在浮云中
信手涂鸦。

这本书既然起名《蓝鹪鹩诗章》，自然，有很多关于澳洲本土鸟类的美丽诗歌。仅凭这一点，这本诗集弥足珍贵。

我最初接触马克的诗歌时，是在非常炎热的一月某日，我住的房子周遭，尽是震耳欲聋的蝉鸣，每年夏天，来拜访我们的三宝鸟（亦称美元鸟，羽毛酷似美元上的花纹）也会寄居一段时间。

在我读马克写三宝鸟那首诗的同一天，恰巧在黄昏时分，看到了一只三宝鸟造访。诗歌就这样与当下的人生邂逅，那是一个令人激动的时刻。

这是一首《绿松石货币》。

世界的价值是什么？

——蒂姆·利尔本《重返花园》

今早我抓住了早上的小跟班

——杰拉德·曼利·霍普金斯《温德霍威尔》

你觉得现在这个世界值多少钱?
远观，一只美元鸟不值一瞥：
门柱上的一只八哥。但后来，一飞起来
才知道这可是游隼级别。诗歌从来没有
这般牛：孤独从未传播得如此之快。它翅膀斜倾
两只袖子上廉价地印着她的心的图案，
周身，头顶猩红，尾羽呈青金石色调，
在绿松石和森林线之间巡弋，然后奋力向后
拉起操纵杆，喙上沾满昆虫，飞走，
好像整个世界不过是一个廉价杂货铺
周六下午转转。但是这个世界，其实，
还有一万件昂贵的物品，上天未能标价。
美元鸟，一次半珍贵的纵跃，讨价还价
两件物品，只出一份钱，然后抄起两件，分毫未出，飞走。

马克，祝贺！这正是绝妙的写作，一本大书，在众多的意义上，符合大书的定义。这是一本令人敬畏的慷慨的诗集，充满了鲜活的语言、炫目的视觉和独特的人生体验。我很荣幸能推出这本书，我希望它能取得巨大成功，并希望它能得到许多值得赞赏的读者。愿他们能像我一样读得如此开心。

珍·肯特

在纽卡斯尔作家节，马克《蓝鹪鹩诗章》发行日演讲

2014 年 4 月 6 日

盗贼之家

DAOZEI ZHI JIA

出版统筹：多　马　　　书籍设计：鲁明静
策　　划：多　马　　　篆　　刻：张　军
责任编辑：吴义红　　　　　　　　张泽南
产品经理：多　加　　　责任技编：伍先林

著作权合同登记号桂图登字：20-2023-046 号

图书在版编目（CIP）数据

盗贼之家 / （澳）马克·特雷尼克著 ；黄少政，（澳）李牧原译 ；吉狄马加主编. -- 桂林 ：广西师范大学出版社，2023.6

书名原文：House of Thieves

ISBN 978-7-5598-6017-0

Ⅰ. ①盗… Ⅱ. ①马… ②黄… ③李… ④吉… Ⅲ. ①诗集－澳大利亚－现代 Ⅳ. ①I611.25

中国国家版本馆 CIP 数据核字（2023）第 083943 号

广西师范大学出版社出版发行

广西桂林市五里店路 9 号　邮政编码：541004

网址：http://www.bbtpress.com

出版人：黄轩庄

全国新华书店经销

广西民族印刷包装集团有限公司印刷

南宁市高新区高新三路 1 号　邮政编码：530007

开本：880 mm × 1 230 mm　1/32

印张：9.25　　字数：100 千

2023 年 6 月第 1 版　　2023 年 6 月第 1 次印刷

印数：0 001~6 000 册　　定价：52.00 元